遺書

5人の若者が残した最期の言葉

verb

幻冬舎文庫

遺書

5人の若者が残した最期の言葉

目次

はじめに　7
第1章　前島優作［13歳］　11
第2章　伊藤大介［25歳］　59

第3章　伊藤　準〔13歳〕　107
第4章　鈴木善幸〔14歳〕　145
第5章　秋元秀太〔19歳〕　189
おわりに　230

この本は、二〇〇〇年五月に発行した『遺書』（サンクチュアリ出版刊）を加筆修正、再構成したものです。従って、加筆した各章「その後」以外の記述は、二〇〇〇年当時のものです。現在の状況と異なる記述もありますが、あらかじめご了承下さい。

また、本書に掲載されている遺書本文は、原文を忠実に再現するため、誤字脱字はそのままにしてあります。

はじめに

本書は、一つの事件をきっかけに動き出しました。

一九九八年二月、一人の少年が、当時通っていた学校の校舎から飛び降り、自らその命を絶ちました。彼が飛び降りた現場に残されていたのは一冊の本。大粒の涙の痕《あと》でふやけたその本の余白部分には、遺書が書かれていました。そこには、自殺を決意しながらも生と死の狭間《はざま》で揺れ続けた十九歳の少年の心の叫びが刻まれていました。生きていたいけれど、もう生きられない。その想いを当時愛読していた本につづり、せめて生きた証《あかし》として、この世に残したのです。

その本が、『CROSSROAD　20代を熱く生きるためのバイブル』（サンクチュアリ出版刊）であったと、僕らは後に知ることとなりました。

同書は、アイルトン・セナ、マドンナ、ビル・ゲイツ、デニス・ロッドマン、尾崎豊などの有名人たちが、どんな信念を持って成功を勝ち得ていったのかを、彼ら自身の言葉でつづった名言集です。発売以来、悩める若者の心をつかみ、勇気づけ、今も読み続けられています。

「二十代」「自分」「自由」をテーマに掲げ、人生をもっと熱く生きようと呼びかけるために作られた本。そこに遺書が残されていたという事実は、サンクチュアリ出版にとってとても衝撃でした。

彼は、いったいどんな想いでこの本を読み、そして遺書を書き残して自殺してしまったのでしょうか。

少年が書き残した遺書を、サンクチュアリ出版に送られた重大なメッセージとしてとらえた同社の金子とその友人の梅中は、本書を作ることを決意しました。制作は、二人の取り組みに賛同した若者たちで結成された編集プロダクション「verb」が行いました。若者の自殺という社会問題を同世代の若者の目を通して描き、伝えていきたいと考えたからです。

一九九九年、日本では三万人以上の人々が、自らの命を絶ちました。その中には、多くの若者が含まれています。それだけ多くの人々が亡くなっているのにもかかわらず、残された者の悲しみや苦悩を直接聞く機会は、ほとんどありません。一人の人間が自殺をすることで、いったい何が起こるのか。そして、遺族は何を想い、生きているのか。

この本を通して一番感じてもらいたいのは、僕らが見た自殺の真実。
それは、決して報道されることのないありのままの現実。
残された遺族や友人の悲しみと、決して癒《いや》されることのない深い心の傷。

死を決意するほどに悩んでいたことにすら、気づいてあげることができなかった、と残された人たちは痛々しいほど自分を責めていました。そんな重荷を遺族に一生背負わせてまで、彼らは自殺しなければならなかったのでしょうか。

本書では、遺族の方々を取材し、その想いを語ってもらうとともに、実物の遺書および日記を遺族の了承の下に掲載しています。そして、その遺書への返信として遺族の方々に書いていただいた手紙も掲載しています。

ここにつづられているそれぞれの想いを通じて、みなさんに明日への希望となる何かを見つけてもらえれば幸いです。

平成十二年五月　編集プロダクションｖｅｒｂ　梅中伸介

第１章

前島優作［13歳］

遺　書

ぼうりょくでは
ないけど、ぼうりょく
よりもひさんだった
かなしかった
ぼくはすべて聞いていた、

あの4人に
いじめられて
いた、ぼくは死ぬ

ふくでは
こぼうりょく
ひさんだっだ
った。

人だ
じめられ
ハ、ぼくは外

自殺当日

保険に何本入っていますか？

人は自殺することを決め、実行するまでにどれくらいの月日を要するのだろうか？

長野県須坂市。前島優作君（十三歳）の場合は、十三日間だった。

一九九六年十二月二十六日に自殺を示唆《しさ》するメッセージを残してから約二週間。世間一般の眼からすれば、まだ子どもの域を脱していない中学生には、あまりにも長い葛藤《かっとう》のとき。

そして、あまりにも短い、生き急いだ人生だったのではないだろうか。

まだ正月気分の抜けきらない、一九九七年一月七日の夜半すぎ、優作君は自宅の

ベランダに縄跳びのロープをかけ、自らの命を絶った。

三学期が始まる前日、彼は周囲には自殺をするなどという素振りを、まったく見せない一日を過ごしていた。


冬休み最後の日ということで、優作君が翌日からの学校の準備をしていた昼間、上履きが破れていることに気づいた母親は、街へ買い物に行こうと優作君を誘った。

「いいよ、その靴で」

そう言って優作君は遠慮をしたが、あまりにも上履きが汚れていたので母親は優作君と姉を車に乗せ、駅前まで買い物に出かけたのだった。

「お正月にいろいろと手伝ってくれたし、頑張ってくれたからプレイステーションを買ってあげる」

駅前までの車の中、そう母親に言われた。テレビゲームが好きだった優作君は、プレイステーションを買うために、以前から少しずつお小遣いを貯めていた。

ちょうど、靴屋の道を隔てた向かいが「ファミコンランド」というゲームショップになっており、上履きを買った後にその店に立ち寄った。

「これでいい」

優作君はほしがっていたプレイステーションではなく、なぜか千九百円のスーパーファミコンの中古ソフトを買ってもらい、帰途へとついた。

買ってもらったソフトでしばらく遊んだ後、珍しく早く帰宅していた父親の車に乗せてもらい、午後六時三十分頃に、通っていた塾へと再び駅前まで送ってもらった。塾に到着すると、無言で車のドアを閉め、そのまま階段を昇っていってしまった。

塾から帰ってきたのが午後八時三十分頃。テレビを見たり、ゲームをしたりして、優作君はいつもと変わらない時間を過ごした。

その後、両親と姉、祖父母とともに夕食の鍋を囲んでいる。

「明日学校で早いから」

午後十時頃に優作君は、二階の自分の部屋へと戻っていった。

特に変わった素振りは見せていなかった優作君だったが、姉は何かを感じ取ったのかもしれない。しばらくして、姉は優作君の部屋を覗《のぞ》いた。しかし、そこに優作君の姿はなかった。

「お風呂かな……」

姉は階段を降り、風呂場を覗いた。そこにも見あたらなかった。玄関も見てみると、そこにあった優作君の靴が消えていた。これまで、こんなに遅い時間に出かけて行ったことはなかった。ましてや、一月の長野。低い気温に加え、雪がかなり積もっている。そこで初めて、姉は異変に気づいた。

「お母さん、優作がいない！」

知らせを聞いた家族が一緒に優作君を捜《さが》した。外を見に行った母親の悲鳴が聞こえたのは、その直後のことだった。

優作君はベランダに縄跳びのロープをかけ小さな椅子を蹴《け》って、庭で首を吊《つ》って自殺していたのだった。

両親は、身長一七〇センチもある優作君を、無我夢中で抱えおろした。ぐったりした優作君は、まだ身体に温もりを残していた。救急車がくるまでの間、父親は必死になって人工呼吸を行った。しかし、その甲斐《かい》もなく、地元の須坂病院に運ばれた優作君は、わずか十三歳でその一生を終えたのだ。

ポケットには、おそらくプレイステーションを買うために貯めていたお小遣いであろう、三万五千円ほどの現金と遺書が入っていた。

「あの4人にいじめられていた、ぼくは死ぬ」

残された遺書にはそう書いてあり、その裏には、

「ぼうりょくではないけど、ぼうりょくよりもひさんだった　かなしかった　ぼくはすべて聞いていた」

と、しっかりとした文字で書かれていた。

それまでいじめられている素振りなど、まったく見せていなかった優作君が、いじめを受けていたことを家族はその遺書で初めて知ったのだ。

「お母さん、なぜ優作が！」

突然のことに動転している父親が、母親に問いかけた。

しかし母親とて同じ気持ちだった。あの優しい優作が、なぜそこまで悩まなくてはならなかったのか。なぜ一言、家族に相談をしてくれなかったのか。学校は気づいていなかったのか。何か対策をとってくれなかったのか。

いくつもの疑問と、ぶつけようのない怒りが込み上げてきた。

姉と優作君は毎年大晦日《おおみそか》には夜更かしをして、新年の抱負やその年に起こった出来事を二人きりで語り合っていた。その後、長野市の善光寺まで一緒に初詣に出かけるのが恒例となっていた。それが、その年に限って友人と出かけてしまったことを姉は悔やんでいた。

「今年も優作と一緒に過ごしてあげれば良かった。そうすれば、あんなことにはならなかったのかもしれないのに」

大晦日を一緒に過ごしていれば、少しは優作君の悩みの相談に乗れたのではないか、自殺を決意するほど追い込まれていた気持ちを癒せたのではないかと。


優作君の悲報を受けて、須坂病院には親戚や学校関係者、地元警察も顔を見せた。突然の事態に、まだ気が動転している両親に対して警察官が発したセリフは、

「保険に何本入っていますか？」

という血も涙もないものだった。両親は言葉を失った。事件を解明する役割の警察がこんなことでは、何を頼りにこの無念を晴らせば良いのだろうか。彼らは、本当に息子が自殺した真相を解明してくれるのだろうか。父親は、警察官の言葉に不安を感じずにはいられなかった。

警察は「あの4人に……」と書かれた遺書を含む、何点かの証拠資料を持っていった。

自殺現場からは、迷いのない自殺であったことがわかった。自殺をした庭の軒先には大きな庭石がある。優作君はその横に椅子を置き、ベランダにロープをかけて椅子を蹴っていた。

もし、少しでも躊躇《ちゅうちょ》することがあったなら、椅子よりも背の高い庭石に足をかけていただろう。しかし、庭に降り積もった雪にはそういった痕跡《こんせき》は残されていなかった。

遺書に残されていた「あの4人」とは果たして誰なのか。学校が優作君の自殺原因について明確な回答を出してくれるのか。そのときはまだ、これから始まるこの問題の難しさに、父親の章良さんは気づいてはいなかった。

短すぎた日々

ぼうりょくよりもひさんだった

大ファンだった松田優作にあやかり、そして優しい子どもに育ってほしいという願いを込め、生まれてきた息子に、父親は「優作」と名づけた。

優作君はその名の通り非常に優しい性格の男の子に育った。幼稚園時代は従姉妹《いとこ》や姉、近所の女の子の友だちと、周りに女の子ばかりの環境で育ったためか、姉弟の仲の良さは近所でも評判だった。普段も非常に手のかからない子どもだったと母親は振り返っている。当時、女の子の友だちの親御さんからは、

「優作君がうちの子どもの面倒をよく見てくれて……」

「優しいお子さんですね」

と、ことあるごとに感謝された。「面倒見の良い優しい男の子」。それが周囲の印象だった。

その頃、優作君はサッカーに熱中しており、将来の夢は「サッカー選手」だったという。

小学校に入ってからも、優しい性格は変わらなかった。二年生のとき、仲良くしていた隣の家の子が転校することになり、優作君はその子に自分が一番大切にしていた宝物をプレゼントしたこともあった。

また、ちょうど同じ二年生のとき、後に優作君の一番の親友となるO君が香港から須坂市に転入してきた。海外生活の長かったO君は自由奔放な性格で、いつも教室で飛び回っているような子だったという。周りの子どもたちはO君に馴染《なじ》めず、次第に仲間はずれにするようになっていった。そんな中でも、優作君はO君を疎外するようなことはなく、独りぼっちでいるO君に手を差し伸べてあげたのだ。

手先が器用でいろいろなことに興味を示す優作君は、小学生の頃はプラモデル作りに熱中したという。母親に何かおもちゃを買ってあげると言われたときには、決まってリクエストはプラモデル。プラモデルの中でも、ロボットのたぐい、とりわけガンダムシリーズを好んで作っていた。彼が将来その手先の器用さを活かしたいと思っていたことは、後にＯ君と一緒に工業高専に行きたいと言った希望にも見てとれる。

　また、テレビゲームが大好きだった優作君は、将来ゲームクリエイターになりたいとも言っていた。優作君の書き残した手帳やノートには、オリジナルのロールプレイングゲームのシナリオやストーリーがびっしりと書き込まれていた。

　運動のほうでは、父親の章良さんが学生時代にバスケットボールで国体に出たこともある影響だろうか、ミニバスケットのチームに入り、身体が大きかったことも手伝って、ぐんぐんと頭角を現していった。


　優しく思いやりのある性格の優作君は、当然みんなの信頼も厚く、六年生のときには、前期に体育委員会の副委員長、後期に図書委員会の委員長を務めた。

　明るく、人望もあり、優作君はたくさんの友だちに囲まれていた。女の子の人気も抜群だった。

　そして、優作君は学校が大好きだった。高熱が出ているのにもかかわらず、学校に行ってしまうこともあった。見事、小学校の六年間を無欠席で通した。

そんな優作君ゆえに、この地域のバスケットボール強豪校である常盤中学校に進学することは、大きな楽しみであった。入学式の日など、出かける二時間も前から真新しい学生服に袖を通し、すべての支度を終えてそわそわしていたくらいだ。

中学校に入学してからも優作君は持ち前の明るさと人望を活かし、校友会と呼ばれる生徒会の中で、学級長に次ぐポストである代議員に選ばれた。

部活動でも優作君は目覚ましい活躍を見せている。日記に日々バスケットボールの練習の達成目標を設定し、それが達成できたかどうかを丹念にチェックしていた。体力をつけるために、家の近所で走り込みもしていた。中学一年生で一七〇センチ近い身長という体格のおかげもあって、どんどん実力をつけていった。

特に、リバウンドを拾うことにかけては一年生の中で群を抜いており、上級生ですら優作君に一目置くようになっていった。レベルの高い常盤中では一年生からレギュラーになることは稀有《けう》なことだったが、三年生がそろそろ引退するという一学期の終わり頃には、優作君をレギュラーにしたほうが良いのではないか、という声が上がるようにまでなっていた。

中学校に入学して、生徒同士が馴染んできた一学期も半ばの六月頃に、クラスで異変が起き始めた。身体も大きく、運動神経も抜群でクラスの人気者だった彼を妬《ねた》む連中が、一部に出始めたのだ。

優作君のクラスには、ある男の子がいた。仮に彼をAとしよう。Aは、優作君に比べると決して身体も大きくなく、腕っぷしが強いわけでもなかったが、小学校時代からその悪名は高かった。彼にいじめられたせいで、別の地域に越境入学した子や、不登校になってしまった子が何人もいた。そんな前歴のあるAにとって、何かと目立つタイプであった優作君は鼻についたのだろう。いつしか、目をつけられるようになっていった。

まずAは、同じクラスのバスケット部員だった生徒三人を自分の仲間に引き入れた。優作君と同じバスケット部の生徒なら、一人だけレギュラーになろうかという優作君に反感を持っていると考えたのだろうか。結果的に、Aを筆頭にその三人を含むこのグループが、優作君が「あの4人」と遺書に残した、いじめの直接的な実行犯となった。

優作君の自殺後に学校で行われた調査の結果、様々なことがわかってきた。自宅の机の引き出しからは、「パシリ」、「パシル」とマジックで書かれたマグネットシートが何枚か出てきた。「パシリ」とは言うまでもなく「使いっぱしり」のこと。このマグネットシートは、教室の黒板に日直などを表すために使われるもので、そこに「パシリ」と書かれていたということは、クラスメイトの何人かは優作君がいじめられていたことを知っていたのではないだろうか。

一学期には、積極的に先生の質問に答えたりと発言をしていた優作君が、二学期になると徐々に発言をしなくなっていたこともわかった。

また、明るく人望のあった優作君が、音楽や理科の授業の教室移動で、頻繁《ひんぱん》に一人で移動していたことも判明した。このことからも、「あの４人」たちの行ったいじめが次第にクラス全体を巻き込んで、優作君を孤独に追い込んでいったのではないかと想像される。

それこそが、優作君が「ぼうりょくではないけど、ぼうりょくよりもひさんだった」と、遺書に書き残したいじめの実態だったのではないであろうか。

優作君の死から三日後の一月十一日には、新聞各紙に記事が載った。

「長野県須坂市の市立常盤中学（※※校長、生徒四百四十九人）の一年男子生徒（十三）が三学期を前日に控えた七日夜「いじめられた」との内容の書き置きを残して自宅で首つり自殺していたことが九日、分かった。須坂署と須坂市教育委員会は、いじめを苦にした可能性もあるとみて調べている。

調べによると、七日午後十時五十分ごろ、生徒が自宅裏口の軒先からつった跳び縄に首をかけぐったりしているのを母親が発見。病院に運んだが間もなく窒息死した。

生徒の衣服のポケットに『あの四人にいじめられた。暴力は受けていない』などと走り書きしたメモがあった。

あて名はなく、※※校長は『いじめの事実は把握できておらず〝あの四人〟の見当もつかない』と話している。

両親も『変わった様子はなく心当たりがない』と言っているという。

学校側の話では、生徒は七日午後八時半ごろ帰宅。夕食後に新学期の準備のため、翌朝の起床時間を家族に告げていったん自室に戻ったが、部屋にいないのを不審に思った家族が捜して見つけた。生徒はバスケット部に所属。生徒会のクラス代議員を務めるなど活発で明るい性格だった」

一九九七年一月九日　共同通信より（「※※」部分、掲載時は実名）

優作君の葬儀は、新聞に記事が掲載された日に市内の葬祭センターで執り行われた。

「クラス代表と部活代表にはぜひとも弔辞を読んでもらいたい」

と両親は願ったが、学校側の指名で小学校時代から仲の良かった男子生徒と女子バスケット部の部員が弔辞を読んだ。

優作君の自殺が報道発表されてから、両親のもとには校外から様々な情報が入ってくるようになった。マスコミから、友人や生徒から、その親であるＰＴＡなどからだ。

「常盤中学校」のこと、「生徒」のこと、「学校で起きた様々な事件」のことなど、いじめられていたことを一言も言わなかった優作君からは決して知らされなかったことばかりで、両親の胸には驚きと同時に不安が広がっていった。それというのも、毎日訪れる教師らに対し、

「何かわかりましたでしょうか？」

といくら尋ねても、返ってくる答えは、

「真剣に調査を行っていますが、今のところ何もわかりません」

というものばかり。学校に話を聞きに行っても、

「ノーコメント」

の一点張り。決して一対一では応対をしない教師たちは、まるで汚い政治家のようだと両親は感じた。

「あの4人……」という抽象的な表現で遺書を残した優作君のいじめの実態が、いつ明らかになるのだろうかと、両親は不安を感じ始めていた。

学校側の非協力的な態度と、真相解明が少しも進まないことで不安になっていた両親のために、親戚が「信州の教育と自治研究所」に相談を持ちかけた。優作君が死を選んでから七日目のことだった。

研究所の協力によって、学校が保管しており、両親の手元には渡されていなかった「生活記録」という毎日の学校での生活を生徒と教師が報告し合うノートを引き取ることができた。表紙はボロボロになり、真ん中には穴が空いていた。几帳面な性格の優作君のものとは到底思えない状態になっていた。

さらにその内容からも、優作君が追い詰められていったと思われる様々な情報が見てとれた。

九月十九日から二十三日のページには、

「ふみんしょうで、ひるまねむく、夜眠れない」

と書いてあった。ノートがボロボロになったのは、どうやら十二月二十日らしいということもわかった。

この日、担任の教師のコメントが、

「表紙破れ応急措置はした。自分でしっかりやっておこう」

となっている。優作君が、

「ぼーとしていたら、そのまま一日がおわった」

そう書いたことに対する教師の反応がさきほどのもの。不自然な状態のノートに書き込まれた、不安定な精神状態を教師は理解できなかったのだろうか。

ぼくの？　大ニュース

バスケ部に入部した。

32・53・25・45・52・32・41

十二月二十六日の国語の時間には、「今年の自分の十大ニュース」を書くことが授業内容になっていた。その国語の先生は、優作君がただ一人、心を許せる先生だったのだろうか。自殺を示唆するメッセージはこのとき書かれたのだ。

優作君は「ぼくの？　大ニュース　バスケ部に入部した。」と一つしか書かず、紙の右下には小さく数字を並べていた。

「32・53・25・45・52・32・41」

ぼくの？大ニュース

バスケ部に入部した。

前島優作

32、51、25、45 52 3241

この数字こそ、優作君が残した最大のメッセージ。このメッセージはポケベルのコード入力表を数字にしたものだった。数字をひらがなに変換していくと、

「し　ぬ　こ　と　に　し　た」

と読むことができる。

しかし残念ながらこのメッセージは先生には伝わらなかった。また、その日の五時間目にあった体育の授業でやったサッカーで、いつもは積極的に攻め込んでいた優作君が、「おまえは下がれ」とAに言われ、やむを得ず後ろのほうに下がっていたことも目撃されている。授業後に優作君が沈み込んでいるのを見つけたクラスメイトが優作君に、

「どうしたの?」

と声をかけると、

「人生に疲れた。人生ってつらいな」

と言ったという。

その後も調査を続けていくうちに、優作君が靴紐を見ながら、

「死……」

とつぶやいていることがあったなど、多くのことがわかってきた。

ほかにも残された証拠として、小さな紙切れに「孤独」と書かれたものがいくつか見つかっている。また、学級新聞に載せるアンケートの「来年のクリスマス、誰と過ごす？」という項目に「一人」と書いており、同じく「十年後のクリスマスは？」というものにも「孤独で一人」と書かれていた。

漢字の書き取りの練習ノートには、初めのほうは普通に書き取りがされていたが、最後のページには「感電死」、「焼死」、「溺死」といった、死に関する言葉が書かれていた。心理学者の調査・分析によると、中学生レベルでこのようなことを書くのはきわめて異例のことであり、死を確実に意識していたことの表出と考えて間違い

ないという。優作君がこのような助けを求めるシグナル、証拠など、たくさんのものを残していたにもかかわらず、誰も一つの命を救うことはできなかった。

周囲は果たして本当に気づいていなかったのだろうか。

家族が優作君のことを思い返してみると、そういえば、ということがいくつか浮かぶ。

いつもは多くの友人たちと一緒に学校から帰宅していた優作君だったが、年末あたりから一人で帰ってくることが多くなっていた。また、年賀状を三十枚も自分で用意していたのに、一枚も書こうとはせず、なぜ書かないのかを母親が尋ねると、

「届いた人にだけ出す」

という力ない返事が返ってきた。実際に届いた年賀状は、クラスメイトからはたった一枚だった。それまで、多くの友人に囲まれ、毎年多くの年賀状が届いていたのとは大違いだった。

もらったお年玉も一切使おうとせず、バスケットシューズやプレイステーションなどほしがっていたものを親が買ってあげようとしても、遠慮するばかりだった。非常に手のかからない子どもだったという優作君だから、遠慮をしているだけだと家族は思っていた。

さらに、正月に大掃除をしたときに、なぜか自分の部屋にはあまり力を入れず、居間などを一生懸命掃除していたことなども、今思えば、最後に親に迷惑をかけたくない、立つ鳥跡を濁さず、という思いからの行動だったのではないかと家族は思い返している。

事実の解明がいっこうに進まない中、一九九七年三月二日、父親は優作君の実名を公表し、情報提供を呼びかけることにした。

真実を知りたいというやむにやまれぬ切実な思いから公表した実名だったが、このことは様々な波紋を呼んだ。

実名公表は行政にとって敵対行為と受け取られた。長野県教育委員会の教学指導

課長は、

「初めは協力的だったが三月二日以降は敵対的で残念だ。学校との間に溝を作った」

と発言した。

それればかりか、父親が社長室付支配人を務めていた冠婚葬祭会社のトップから、

「会社は創業当初から須坂市にお世話になっている。君の運動は会社にとって大きな影響のある行動だ。運動を止めるか、会社を辞めるか、選んでくれ。頼むから解雇という形を取らせないでくれ」

と言われたのだ。新しい結婚式のスタイルを提案するなど、会社の業績を引き上げ、役員への昇格を内示されていた父親にはショックだった。それでも、父親は事件の真相解明をすることによって優作君が浮かばれるように、そして二度とこういった事件を起こさないためにも、辞表を出すことを決意したのだった。

こうして、父親の生活はすべて自殺の真相究明にあてられることとなり、現在もそれは変わっていない。

取材当日

ただ謝ってほしいだけなんです

藤岡ジャンクションで、上信越自動車道に入り、北を目指しひた走る。この日はあいにくの空模様。トンネルを抜けるたびに、冷たい雨が雪へと変わっていく。東京を出発して、およそ四時間。ようやく目的地の須坂長野東ＩＣが見えてきた。

長野県須坂市。長野市に隣接する田園工業都市で、戦前は製糸の街として栄えた。街のいたるところには、当時の土蔵が今でも残っており、「蔵の街」としても知られる。また、りんごやぶどうの栽培も盛んなため、郊外には果物畑が広がっている。

前島さん宅も、街の中心部から車で少し走ったところにある、大きなりんご畑のすぐ側にあった。収穫はとっくに終わり、実のない木々が整然と立ち並ぶりんご畑は、ひどく殺風景に見えた。

居間に通された僕らの目に、最初に飛び込んできたのは、優作君の遺影だった。

遺影の前には、オムライスが供えてあった。聞けば、大好物だったという。この日は、くしくも優作君の月命日。一月後には、彼が短い生涯を閉じてから丸三年が経とうとしていた。

改めて両親への挨拶をすませると、僕らは早速インタビューを開始した。録音用のテープレコーダーが回り出したことを確認すると、父親は、一つひとつ言葉を吐き出すように話し始めた。

インタビューを受けることは、当時のつらい記憶を掘り起こす作業にほかならない。心のかさぶたを剝《は》がし、傷口を刺激するようなものだ。それでも両親は、イヤな顔ひとつ見せず、こちらの質問に答えてくれた。

自殺当日の状況。学校の誠意の感じられない対応。そして、話題は優作君が遺書に書いた「あの4人」について移っていった。優作君は、遺書にいじめっ子たちの名前までは記さなかった。名指しするのは、やりすぎだと思ったのだろうか。あるいは、「あの4人」と書くだけで充分に伝わると思ったのか。今となってはその真意はわからない。

ただ、優作君が名指ししなかったのをいいことに、誰もが責任をなすりつけ合うという醜い状況に陥ったことだけは確かだった。両親も、いじめっ子の名前があれば、怒鳴り込むことだってできただろうに。もちろんそんなことは何の解決にもなりはしない。しかし、少しは気が晴れたに違いない。そう思うと、どうにも歯がゆかった。

両親は、「あの4人」に心当たりはないのだろうか。

「もちろん、学校のことですから、最初は誰なのか見当もつきませんでした。でも、いろいろ調べていくうちにわかったんです。学校側から、四人についての情報は一切入ってきません。その周りからいろいろと聞こえてくるもんです。それから、調査中には決して教えてくれなかったんですが、ある先生が退職した後に、その当時『あの4人』と言えば、あいつらしかいない、ということを教えてくれました」

やはりそうだろう。学校内でいじめがあったとして、その犯人がまったくわからないなんて考えられない。仮に先生が気づかなかったとしても、同級生ならわかるはずだ。中学生は一日の大半を学校で過ごす。しかも集団生活だ。誰にも悟られず、一人の少年にいじめを加え続けることなんて、できはしない。それが、目に見えないシカトや仲間はずれであってもだ。それは断言してもいいだろう。それなのに、学校はいじめがあった事実さえ認めようとしなかったという。

「やはり、公僕というのでしょうか。ことなかれ主義で、決して過ちを認めようとしない。担任の先生にしろ、校長にしろ、絶対に一対一では話し合いの場に着こうとはしませんでした。それに、同級生が在学中は絶対に異動をしないようにお願いをしていたんですが、卒業後にはあっという間に関係のある先生全員が方々に飛ばされて行きました」

当時を知る先生がいなくなっては、優作君の身に何が起こったのか、調べることもできない。ましてや、生徒の自殺というショッキングな事件を体験した子どもたちへの指導なんて、満足にできるはずがない。真実を知りたい、という両親の切なる思いは、こうして踏みにじられていったのだった。

「あの4人」についてはどうだろう。何か責任を追及することはなかったのだろうか。

「もちろんしました。ただ、私は彼ら四人を吊し上げたり、また裁きたいと思っているわけではありません。子どものしたことですから、過ちを過ちとして認め、謝ってほしかったんです。でも、彼らはやっていないと主張しています。親も当然子どもをかばいますから、謝罪などはなされていません。近所のコンビニやスーパーなどで本人や親に会うことがあるのですが、私の顔を見ると逃げて行ってしまうんですね。やっていないのなら、なぜ逃げて行ってしまうんでしょう。私は謝ってほしいだけなんです」

父・章良さんは、何度も〝謝ってほしい〟という言葉を口にした。謝られたところで、優作君が帰ってこないのは、わかっている。でも、いや、だからこそせめて謝ってほしいのかもしれない。振り上げたこぶしを下ろす、その機会すら失われてしまったのだった。

沈痛な面持ちで話していた両親の顔が思わずほころんだのは、優作君の幼少時代について尋ねたときだった。

「手先が器用だったもので、将来は何かしらものを作り出す仕事をしたいと言っていました。それで、工業系の高校に行きたいと言っていたんです。バスケットの選手にもなりたいなんて言っていました。あのままバスケットをやっていたら、県の強豪校、佐久長聖やら松商学園やらにおそらく誘われていただろうに、という話を後になって先生から聞きました」

遺影に写った広い肩幅からも、身体が大きかったことが容易に想像できた。バスケットボールは、身長の高さが優位に働くスポーツ。特にまだ技術が未熟な中学生なら、それはなおさらだ。身長の高さに加え、手先も器用な優作君が頭角を現すのは、当然のことだったのかもしれない。しかし、それが仲間の反感を買うことになってしまった。出る杭は打たれる。まさに身体の大きな優作君は、打たれてしまったのだ。

「基本的には、生真面目《きまじめ》な子どもでしたね。曲がったことは許さないという。結果的にはそれがあだになってしまったのかもしれません。十三年間で私の人生分くらい濃い生き方をしていたのでしょう。とにかく手のかからない子どもでした。今思えば、もっと迷惑をかけてほしかった。どんな親でも、子どものしてしまったことは許せるし、受け入れられる。それを受け止めるのが、家族の役目なんですから」

章良さんは、そう無念の思いを語った。いじめがあった事実を認めようとさえしない学校側に、毅然《きぜん》とした態度で立ち向かっている父親。息子の死を決してムダにはしない。そう振る舞う姿は、ときに力強ささえ感じさせる。しかし、その陰で、息子の苦悩を受け止めてあげることができず、自分を責め続ける父親としての姿があったのだ。このとき僕らは、初めて章良さんの父親としての苦悩を垣間見た気がした。

お昼すぎに始まったインタビューもすでに四時間を超え、気がつくと日が傾こうとしていた。夕食の支度もあるだろう。僕たちはここでインタビューをいったん切り上げることにした。日が落ちてしまう前に、優作君が通っていた常盤中学校を一目見ておきたかったというのもある。そう僕らが告げると、章良さんは、場所がわからないだろうからと、中学校まで車で先導してくれた。

学校に到着すると、ちょうど下校時間だった。続々と生徒が校門から出てくる。

校舎からは、生徒たちの快活な声が漏《も》れていた。この光景だけ見ていると、ほかの中学校と何ら変わらない。しかし、ここで優作君はいじめられ、自殺を決意したのだ。

　しばらく遠ざかる生徒の後ろ姿を眺めていた僕らは、日が暮れてしまう前に校舎の写真撮影をすることにした。すると、いきなり写真を撮り始めた怪しい僕らのもとに、一人の先生があわてて駆け寄ってきた。しかし、途中で章良さんの姿を確認したその先生は、僕らには目もくれず章良さんのほうに歩み寄っていった。

「今日はどういったご用件で」

「いや、ちょっと取材でね」

　交わされた会話はそれだけだった。苦虫を嚙《か》み潰《つぶ》したような表情を浮かべ、先生は困惑しているようにも見えた。そして、「ちょっと話を聞かせて下さい」と追いすがる僕らを振り切るように、先生は足早に校舎の中へと消えていった。

　真相の究明を求める父親。それをかたくなに拒否する学校側。優作君は、この現状を見たらどう思うのだろうか。このとき無性に聞いてみたくなった。

その後
いじめがなくなる日まで

父・章良さんと再会したのは、富山県で行われたいじめ自殺問題を考えるシンポジウムでのこと。僕らがたまたま出席したその集いに、章良さんはパネリストの一人として参加していた。

終了後、こちらから声をかけると「どうして、こんなところにいるの?」と驚きながらも、偶然の再会を喜んでくれた。僕らも話したいことが山のようにあった。しかし、章良さんは次の予定が迫っており、軽く挨拶を交わしただけで、その日は慌ただしく別れた。

その後、改めて長野にお邪魔し、話を聞こうと思ったが、なかなか日程の調整がつかなかった。章良さんは、平日は遅くまで仕事をし、休日になると講演会や悩める親からの相談に応えるため、全国を飛び回る生活を送っていたからだ。

章良さんは、二〇〇〇年に、他の遺族四人とともに「いじめ・校内暴力で子どもを亡くした親の会」を結成していた。わが子に対するいじめに悩む親などから電話相談を受けつけ、サポートするのだ。ただ真実を知りたいだけなのに、学校は何も協力してくれなかった。

また、息子をいじめで亡くした被害者であるにもかかわらず、まるで加害者のような誹謗中傷《ひぼうちゅうしょう》にさらされた。そんな苦い経験が、会を結成する動機だったという。もし、自分と同じような苦境に陥っている遺族がいれば、支援してあげたい。そう思ったのだ。そして今では、全国の悩みを抱えた子どもや親から、相談がひっきりなしにあるという。

そんな多忙な毎日を送る章良さんに再び会うことができたのは、偶然の再会を果たしてから一カ月近くが経ったある日のことだった。須坂駅で落ち合い、ひとしきり昔話に花を咲かせた後、その後の生活ぶりについて尋ねることにした。

章良さんは、監督責任などを追及するため、市を相手取った損害賠償請求を行っていた。訴訟に踏み切ったのは、学校を糾弾したかったからではないという。二度と同じ悲劇を繰り返さないことが、最愛の息子を失った遺族としての切なる願いだったからだ。そのためには、まず事件の全貌を明らかにする必要があると章良さんは考えていた。しかし、事件直後から章良さんと須坂市は対立していた。

優作君の死後、須坂市は原因を究明するために検討会議を設置した。しかし、検討会議が出した結論は、自殺の理由について「（いじめと結びつく）具体的な事実はなかった」というものだった。この結論には当然、両親は納得がいかなかった。優作君が残した遺書の内容は、まったくのデタラメだったということになってしまうからだ。そんなバカな話はない。いったいどんな調査をしたというのだろうか。

そこで、両親は調査結果の公開を須坂市に求めた。ほどなく調査報告書が公開されたが、その内容を見て、両親は再び愕然《がくぜん》とすることになる。その大部分が非公開で、とても内容がわかるような代物ではなかったからだ。調査結果は、被害者である両親にも教えられないという。

業を煮やした両親は、調査資料の開示を須坂市教育委員会に求めて提訴した。しかし、「個人識別情報にあたる」として、訴えは棄却。またしても真実を知る機会は、失われてしまったのだ。そんな経緯もあり、章良さんは、まず責任の所在をはっきりさせることで、学校を開かれた場所に変えていきたいと思ったのだった。

そんな章良さんの周囲がにわかに騒がしくなったのは、二〇〇〇年二月のことだった。長野県の田中康夫知事が、欠員になっていた県教育委員会委員に章良さんを選任する方針を固め、議会に提出したのだ。

これが揉《も》めに揉めた。須坂市を相手取って損害賠償訴訟を行っている人を、教育委員会委員にするべきではないという反対意見が上がり、議会で否決されたが、田中知事は五月に再度、章良さん選任案を提出した。

田中知事は、前島さん選任に固執した理由を問われると、

「子どもの教育への権利を第一に考え、子どもや親の苦しみや痛みなどを教育に活かせる人物が必要」

と答えたという。章良さんの体験を長野県の教育に活かしたいと思ったのだ。

「知事には自分は中卒だし、教育の専門家じゃないから、選任されても何もできないって言ったんだよ。でも、だから良いんじゃないかって、強引に説得されてね」

と、章良さんは当時の騒動を振り返って、そう語った。

結局、この選任案も否決されたのだが、二〇〇三年七月、章良さんは教育委員会から委嘱され、非常勤の「教育相談アドバイザー」というポストに就任した。週一回通勤して、子どもの悩みなどを聞く小中学校の相談員に助言したり、学校での研修などに参加するのが仕事だという。

いじめに抗議するように、自殺という道を選んでしまった優作君。彼の死からすでに七年の歳月が流れようとしていた。その間、父・章良さんは一日も休むことなく、息子の無念を晴らすために活動を続けてきた。そんな父親の執念とも言うべき活動が、ついに行政を動かしたのだった。ただ、その要因が、優作くんの残した遺書ではなかったという事実は、あまりにも皮肉なことである。

その後、話は章良さんが活動を通じて知り合ったほかの遺族の方々や、救いを求めてやってきた親たちの様子などに及んでいった。それらをときに怒りを露《あらわ》にしながら語ってくれた。そんな話を聞いていて、ふと富山でのシンポジウムで章良さんが口にしていた言葉を思い出した。

「この戦いには終わりがありません。あるとすれば、それは我が子が戻ってきたとき。もしくは、我が命が尽きたとき。そのときが終わりだと思っています」

章良さんは、今もなお戦い続ける遺族の心境をそう表現したのだった。終わりがないことを自覚していても、息子の無念を思えば、活動せずにはいられない。たとえ残りの人生をすべて捧げることになったとしても。だから、章良さんの戦いはまだまだ終わらないだろう。優作君の裁判が終わっても、日本のどこかで、いじめで悩んでいる子どもや親がいる限り。

参考文献
『まほろばブックレット　No.2　死ぬことにした──須坂市中学生自死事件』
信州の教育と自治研究所・教育部会編
信州の教育と自治研究所発行　一九九八年

遺族による遺書への返信

息子優作へ

2000年1月6日、とうとう、損害賠償請求の裁判を、する事にしました。優作、君には、本当にすまない事になってしまいました。この3年間、お父さんは、人を信じ、優作の思いを、大切にしてほしいと願いつづけてきましたが、○○先生は一度も本音で話すことなく、木曾の学校へ行ってしまいました。学校長も今でも「優作君の死は、いじめによる死と断定すべきでない」と言い続け、君の最後の言葉を、無視しています。優作君は、すべての先生、友達を信じ遺書に名前を残さなかったのに、名前が、書いてないことを、良いことに、反省も謝罪もしてくれません、4人も「いじめていません」といいつづけ、他の生徒にいじめをしています。こんな人たち、お父さんもう許せません、もう裁判しかありません。優作君は、どんなに苦しく、悲しい時も、私たち家族に対し、笑顔で優しく接してくれました。そんな君を、お父さんはこの3年間1日も忘れたことがありません。
又、1日も休まる日はありませんでした。
優ちゃん、裁判は本当に大変なことですが、何年かかっても君の名誉回復と、今でもいじめで苦しんでいる、子どもたちのために、
お父さん、
頑張りますので、応援たのみます。

追伸
1月7日命日、友だちが15人遊びにきてくれました。みんな大きくなり、成長がたのしみです。優ちゃんも、そちらの世界で楽しくしていて下さい。また手紙書きます。

それじゃまた…

第１章執筆

自殺当日　宮坂太郎

短すぎた日々　宮坂太郎

取材当日　ｖｅｒｂ

その後　ｖｅｒｂ

第２章

伊藤大介 ［25歳］

遺書

父母様、申し訳ございませんでした。

私にはこれから生きていく力がございません。

なんと世界は不条理ではないでしょうか。私のように死を望む者もおれば、食料不足や病で倒れ、生を望む者もいるのです。私の死後、私が残した預金に関しては、「生」を求める人のためにユニセフなどの世界的機関へ寄付をしていただけますでしょうか。よろしくお願い申し上げます。

また、私はこの世に未練などございませんので、亡霊となって出現したりはしません。（父母様から思えば亡霊でもよいから出現してほしいでしょうか？）ですから寮の部屋のおはらいなどはしなくてもOKです。また葬式は1番安いやつにして下さい。そんなくだらんことに金を使う必要はありませんので、その分、隣室で（私の死より）イヤな思いをした○○氏に少しつつんであげて下さい。それから、さきほど私の預金をユニセフに寄付して下さいと書きましたが、私が非常にお世話になった○○機関区にもその中から一部寄付をお願いします。

また、私が自殺することにより、親戚や近所の人からいろいろと言われるかもしれませんが、それも気にすることはありません。「死」は決して恥ずかしいものではないのです。幕末史に名を残した久坂玄瑞や武市端山といった若者、近きには三島由紀男のように志の高い者は自殺しております。私もそのうちの1人と考えて下さい。

死んだ人間がこのようなことを言うのはなんですが、最近、妹に対しての処遇が少し厳しすぎるように思います。私などは就職してからでさえも、たまに帰省代も出してもらっていましたし、いろんな日用品を家から送ってもらったりしてました。それに対して、姫は、まだ学生なのに壊れたラジカセは直してもらえないわ、サークル代も出してもらえないわでかわいそうです。電話代と教習所以外は、親が面倒をみてあげてもよいのではないでしょうか。まだ学生なのですから。

ここまで育てて下さって本当にありがとうございました。ご恩に報いることができなくて申し訳ございませんでした。父母様より先に死ぬことになり、卑怯者と思われるかもしれませんが、これしか方法がございませんでしたので。○○○、○○の祖父母様にもよろしくお伝え下さい。

追
○○氏と○○氏への手紙は手渡しか書留にて確実に渡して下さい。
それと、私が人生で最も満足したことと言えば、そうですねぇ、少年期の3年間を○○○高で過ごせたこと、
そして、機関士として、機関車のマスコンを握ることができたことだと思います。

恐らくこの2つと言えるでしょう。

平成九年七月二十六日

伊藤大介

（○○部分は原文実名）

※これは、一度目に自殺を図ったときのものです。二度目のときは、遺書は残されていませんでした。

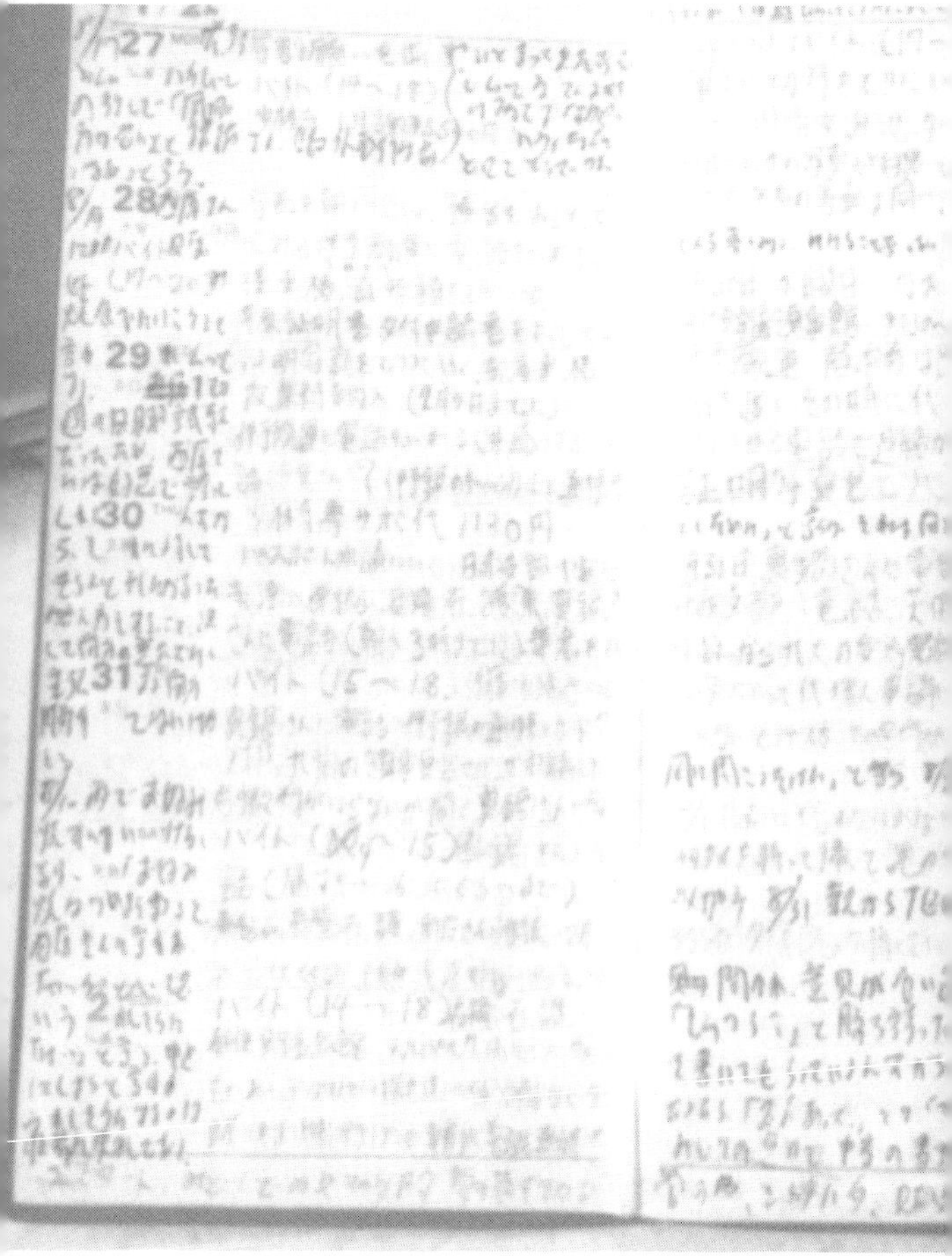

自殺当日

僕には飛び降り自殺は無理です

「焼き肉にしようか」

母親は明るく言った。

「大ちゃん、何が食べたい？　何がほしい？」

「……幸せがほしいかな」

「幸せ？……大ちゃんと千春が私のところに生まれてきてくれた。私はそれだけで幸せよ。幸せって、そういうことだと思うの。夢のような大きな何かではなくて、その辺に転がってるものなんじゃないかしら」

一九九九年五月十八日。大介君が死の二日前に母と交わした会話だった。

大介君はその後、りんごを二切れほど食べて寝た。ここ数日ほとんど何も食べていない。母親はそんな大介君を心配していた。

母親の心配通り、大介君の心は苦悩に満ちていた。

「……今日も身体がだるい。死にたい。社会で生きていくのはしんどいんだ。これからの人生、どうやって生きていけばいいか僕にはわからない。今まで精一杯、精一杯、精一杯やってきた。みんなのくれるありふれた助言や、忠告を聞いても何も変わらない。医者も本も役にたたない。ずっと、ずっと、ずっと、僕はできる限りやってきたのに。

ふと感じる孤独感。脈が速くなり、胸が締めつけられるように痛む。果たして仕事には復帰できるのだろうか。

亜希（仮名）は僕を愛しているのだろうか。僕のところへ戻ってきてくれるだろうか。僕とともに人生を歩んでくれるだろうか。

自信がない。まったくない。……楽になりたい。生きていくのは苦痛に満ちているから」

そして、一九九九年五月二十日。大介君は、自分の人生に自ら終止符を打った。彼が精一杯駆け抜けた人生の長さは二十五年。自殺の原因は「鬱《うつ》」である。恋人が大学院進学希望を理由に、すぐは家庭に入りたくないと結婚を躊躇したこと。また、鬱と診断されたことでJR貨物機関士としての業務に再び就く許可が下りず、苦手な仕事に就くことを余儀なくされたことなど、様々な要因が自殺を選ぶ理由となっていった。

自殺の数日前から、母親は鬱状態の大介君が自殺するのではないかと心配していた。以前、大介君が東京慈恵会医科大学附属病院で担当の医師に対して、

「僕には飛び降り自殺は無理です」

と言っていたので、もし自殺を試みることがあっても服毒か首吊りであろうと見当をつけ、様子をそれとなく見張っていた。

自殺当日の午後二時、母親が大介君の部屋を覗くと彼は寝ていた。

「この分なら大丈夫そうね」

鬱症状がひどく、ろくに食べ物を口にしていない大介君のために、母親は好物であるケーキを買いに行くことにした。

「食欲ないみたいだけれど大好きなケーキだもの、食べるはず」

母親はケーキを買って、胸を弾ませながら家に向かった。

マンションに近づくと駐車場のほうから騒がしい声が聞こえてきた。何かが起こっているようだ。

「何かしら」

母親は嫌な予感がした。

「まさか……。そんなことはないよね、大ちゃん」

隣の若奥さんが母親の姿を見つけると走り寄ってきた。

「駐車場に人が倒れているんです」

母親は目を閉じた。

「おたくの息子さんみたいです」

母親は込み上げてくる感情をどうしていいのかわからなかった。

「ああ……まさか、まさか……」

母親は信じられなかった。大介君が本当に死んだという事実を認めたくなかった。こんなに、こんなにも愛しているのに……。どうして。


……そう、あれは一昨日のこと。

「もう僕に気を遣わなくていいよ」

大介君は、ぽつりと言った。苦しそうな表情だった。

「何を言っているの？」

「ねえ、母ちゃん、僕が死んだら悲しむよね」

「あたり前でしょう」

大介君は母親っ子で二十五歳になっても「母ちゃん、母ちゃん」と母親に甘えていた。母親にとってはまさに目の中に入れても痛くない子だった。

「みんな悲しむよね」

「それはそうよ。悲しまないわけないでしょう」

母親は大介君と交わした会話を思い出した。

みんな悲しむって、死んじゃだめよって言ったでしょう。なのに、どうして。

「え……お兄ちゃんが？……うそ……」

大介君の妹、千春さんは兄の死の知らせを聞き、茫然《ぼうぜん》とした。仲の良い兄妹だった。大介君は自分と反対で要領が良く、優秀な妹に嫉妬をしたことはなかった。むしろ自慢の妹として大切にしていた。妹の学生生活をいつも気にかけている優しい兄だった。

「お兄ちゃんが……うそでしょ！　うそだよね。……そんなのひどすぎるよ」

何がひどいのかわからなかった。大介君が自殺したという事実か、それを止められなかった自分たちか、原因となった鬱という病気か、大介君を悩ませることになった婚約者か……。もしかしたら突然の死という衝撃の事実を自分たちにもたらした大介君だったのかもしれない。それともそのすべてだったのかもしれない。

悲報を聞き、婚約者の亜希さんは一瞬絶句した。そしてかすれた声を発した。

「私のせいです。すべて私のせいなんです。大介さんを本当に愛してました。愛してたのに……」

泣きじゃくり、話をすることもできないくらい混乱していた。愛する者を死に追いやってしまったことへの後悔と喪失感。あまりにもつらすぎた。当時東京に住んでいた彼女はすぐに大介君のもとに飛んできた。すでに冷たくなってしまった大介君のもとに。

通夜、それに続く告別式。のべ四百人もの参列者が訪れた。上司、同僚、同窓生、それだけ大介君を想う人がいた。でも、その気持ちはもう大介君には届かない。同じ鉄道好きで親友のK君は通夜、告別式に出席し、四十九日の頃までしばしば大介君の家に顔を出した。

大介君が尊敬していた人物、坂本龍馬。豪放な性格、あふれる正義感と理想への情熱、多くの人に慕われるカリスマ性。彼は龍馬のようになりたかった。

短すぎた日々

夢　恋人　そして、挫折

大介君が生まれたのは一九七四年三月。電話会社の基地局で内換業務に携わる父親が営む家庭は、平凡だが幸せなものだった。大介君が生まれて三年後には、妹の千春さんが誕生した。

大介君は優しい少年だった。生真面目で不器用、正直で嘘がつけない自分の性格を「要領が悪く、どんくさい」と考えていた。しかし、自分では気づいていなかったが、彼には長所もたくさんあった。たとえば人の和には必要不可欠な、リーダーを補佐しつつ周りにも気を遣うというキャラクター。もちろん、人に嫌われるようなタイプではなかった。でも、大介君には自分の悪い点しか見えていなかった。大介君は自分が嫌いだった。そんな必要はなかったのに。

不器用であること、彼にとってそれは大きなコンプレックスだった。小学生の頃はリコーダーをうまく吹くことができず、悲しい思いをした。運動も苦手だった。このとき感じた歯がゆい思いから、大介君の中で「理想の自分」への強迫的とも言える努力が始まったのかもしれない。

小学校五年生まではひたすら「どんくさい」大介君だったが、中学校に入ってからは真面目に勉強し、四百人中三十番という成績を取り、学級委員長を任されるようになった。とはいっても相変わらず強力なリーダーシップを発揮するというタイプではなかったが。

大介君は優秀な成績で、地元では有名な進学高校に入学した。そこでもやはり華々しいタイプではなく、地味な少年であった。人に何か頼まれると断ることができない少年。

「コンビニへ行こう」

「……いいよ」

素直なので、嫌なときは嫌だということが顔に出てしまう。でも、口ではノーと言えない性格だった。友人は多くもなく少なくもないというところだろうか。どちらかと言うとクラスの中でおとなしいグループに所属しているほうだった。女の子に特別もてるということはなかったようだ。

一方、母親の目に映った大介君は人気者で、気配り上手、いつでも友だちに囲まれていて、女の子にもてているというものだった。大介君は母親の前では虚勢を張っていたのかもしれない。相手によって、接する態度を変えるというのは人間にとって普通のこと。親に対して、友人に対して、そして教師に対して同じように振る舞う人は、なかなかいない。だから、母親の前と友人の前とで大介君の態度が違っていたことは、大いにありうることだ。

また、もしかしたら、母親が大介君を見る目が愛にあふれるあまり、より良い画像を結んでいたのかもしれない。それは今となっては誰にもわからない。ただ、大介君が反抗期のない素直な子どもであったということだけはまぎれもない事実だった。

大介君の趣味は「鉄道」。小学校時代から大好きで、古い線路や、もうすぐ廃線となる鉄道を見に行ったりしていた。特に伝統のある鉄道が彼のお気に入りだった。鉄道以外に彼が好きだったのは部活動。応援団に入り、副団長として旗手を務めることになった。

普通応援団というと、ごつく、男くさく、押しつけがましいというイメージがあるが、大介君の学校ではそのような軍隊的な組織ではなかった。逆に「貧相な応援団」とさえ一部では言われていた。また、その高校では代々、応援団長は生徒会長でもあり、大介君は必然的に生徒会副会長を務めていた。応援団に熱中しすぎたせいだろうか、学業がおろそかになり、徐々に成績が悪くなっていった。

クラスでの大介君は、おとなしいと見られていた反面、ひそかに「熱い」奴と思われていた。たとえばこんな事件があった。英語の教師が、生徒たちがあまりにも予習していなかったため、怒って職員室に帰ろうとしたときのこと。

「先生、それは違うと思います」

大介君は席から立ち上がった。

「先生は授業をするべきです」

「みんな予習してきてないじゃないか。やる気があまりにもない。俺にもなくなった」

「予習している人が一人でもいるかぎり、先生は授業をするべきです！」

大介君は、日頃応援団で鍛えた大声で堂々と主張した。

「じゃあ、おまえは予習をしてきているのか」

「いえ、してません」

教室は爆笑の渦につつまれた。教師は苦笑し、授業を始めたのだった。大介君は、日頃地味なのにいきなり人の言わないようなことを主張した。しかし、その姿があまりに真剣だったために彼を変な奴だと感じる生徒もいた。

大介君の正義感は、敬愛する坂本龍馬に由来していた。大介君の学校では運動会の際、生徒たちはそれぞれ自分の好きな絵や言葉を書いた法被《はっぴ》を着るのが習わしになっていた。そのとき、大介君は大好きな坂本龍馬の写真のコピーを法被の背中に貼った。

高校二年生になって、真の友人ともいえるYさんと仲良くなった。大介君は自分の心の内側をYさんに初めて打ち明けた。大介君は、繊細で弱いところがあった。ときどき、ひどく落ち込んで生きているのが嫌になる。そういう鬱の兆候を、大介君はYさんにだけ打ち明けていた。Yさん以外に大介君の鬱を知っている人はいなかったという。また、K君という同じく鉄道を愛する友人もできた。鬱の兆候は出始めていたものの、友人たちのおかげで、大介君の高校生活は楽しいものとなっていった。

K君が語ってくれた大介君のこんなエピソードがある。

ある日、K君は大介君にこう言った。

「おまえ、いつも人にいい顔ばっかりしてるな。偽善者だ」

「そうか、僕は偽善者か」

そう言うと大介君は、なぜか嬉しそうにしていたそうだ。なぜ彼は、嬉しそうにしていたのだろうか。もしかしたら、自分を理解してくれていると思ったのかもしれない。あるいは嫌なことを言われて笑ってごまかそうとしたのかもしれない。理由はいろいろ考えられるが、大介君は日記の中で、こうつづっていた。

「自分は他人から自分が人にどう見られているか、どう思われているかなど、他人からの評価をいつも気にしているように思う。思いあたる理由としては自分に自信がないからだと思う」

K君に偽善者と言われたとき、大介君はどう思っていたのだろうか。

そして高校二年生の半ば、大介君は運命の求人広告を新聞の上で目にした。ＪＲ貨物が出した機関士募集の広告だ。大介君は幼い頃からの夢であった機関士を目指すことを決意した。

「僕、機関士になるよ」

周囲は、驚いた。大介君が通っていたのは、県下でも有数の進学校。ゆえに、彼が大学に進むのは当然と思われていたからだ。周囲は、大介君の就職に大反対だった。担任の教師、大介君、親との三者面談でも担任と親は次のように主張した。

「とりあえず、大学へ行ったほうがいい。まだおまえは未熟だ。もしかしたら将来に対する考え方も変わるかもしれない」

しかし、夢に向かって歩み出した彼の決意が変わることはなかった。

機関士になりたい。そう思い詰めた大介君は、ＪＲ貨物の支店に直接押しかけた。支店の主任に、どうしたら機関士に採用してもらえるか尋ねるためだ。通常、工業高校などから学校を通じて申し込むという機関士採用だが、進学校であった大介君の学校にそういった制度はなかった。そこで、特別に学校長の推薦を取り、高校三年生のときにJR貨物の内定を取ったのだった。

こうして子どもの頃からの「鉄道の運転士になりたい」という夢を大介君は実現させた。同じ学年で就職したのは四百九十五人中わずか四人で、それでも例年に比べて多いぐらいだった。自分の夢を実現して前途洋々たるはずだった。

晴れてJR貨物に入社した大介君は、まず配属先を選ぶように言われた。考えたあげく実家の四国から近い中国地方の機関区を選ぶことにした。とはいえ、自宅から通える距離ではなかったので、会社が用意した寮に入ることになった。

入社してからは、楽しいことばかりではなかった。新入社員たちの中で、大介君はただ一人の普通高校出身者だった。基礎知識がある工業高校や鉄道高校の出身者たちからはやはり差をつけられ、悩むことも多かったようだ。加えて、二十歳までは列車車両を運転する免許は取得できない。つまり、それまでは車両についての知識を学んだり、車両の点検をしたりすることが主要な業務となる。

進学よりも就職を選び、自らの夢に向かって歩き出したかに見えた大介君だが、十八歳の秋に通信制の大学に入学した。自分だけ就職というみんなとは違う道を生きていくことに対して、焦りや不安、そしてコンプレックスを感じていたのかもしれない。しかし、働きながらというハンデがありながら、彼は四年で卒業証書を手にしたのだった。

一九九五年一月十七日。阪神・淡路大地震が起こった。大介君は職場からただ一人、ボランティアとして救援活動に携わった。持ち前の正義感と思いやりを彼は発揮したのだ。そうした彼の態度に周囲の評価は上がっていった。

しかしながら、貨物列車の運転士というのは夜の仕事。不規則な勤務体制の中、交代制で睡眠をとっては働く。それはもともと、不眠症ぎみであった大介君にとってあまりにも過酷なものだった。眠れないということを訴えるようになり、再び鬱の兆候が出てきたのだ。

睡眠薬を飲んでも眠れない日もあった。だからといって、会社を辞めようとは思わなかった。機関士にこだわり、周囲の反対を押し切って手にした仕事だ。辞めると言い出すことはできなかった。

「ローカル線の運転士になろうかな」

夜ではなく、朝から夜の十時くらいまでの仕事である地元の私鉄なんかどうだろう。大介君はそういったことを口にしていたという。


寮に入り働きながら、彼は悩んでいた。

「寮での生活は本当に寂しすぎる」


大介君の寮生活は孤独なものだった。同年代の友人もできず、ルームメイトともあまり仲が良くなかった。また労働組合の人との人間関係もうまくいっていなかったらしい。それをまぎらわすかのように、高校時代の友人であるYさんに手紙を送ったり、電話をしたりする回数が増えていった。そのYさんも高校卒業後、鬱病となり、通院し始めている。

「生きているということへの疑問」を二人は共有していたのだった。

頻繁に送られてくる大介君からの手紙。Yさんはときどき返事をするのが億劫だと感じることもあった。しばらく放って置くと「返事下さい」と書かれた手紙がきた。同じ苦しみを持つ者として、大介君はYさんを特別な存在と見ていたのだ。当時、Yさんは大学に進学していた。

その頃、大介君に彼女ができた。おとなしい高校生。彼女とは一九九八年の初め頃までつき合っていた。大介君が好むのはいつも古風で控えめな女性だった。

その後、大介君は大学院に進学することを決意。しかし周囲は再び反対した。大介君が学歴へのコンプレックスから大学院を目指していると見る人もいた。目指していたのは法政大学大学院の社会学科。働きながら受験勉強をすることは並大抵のことではない。

大介君はしばしば勉強道具を持って帰省していた。ちょうどその頃、父親の仕事の都合や妹の進学などで、一家は関西地方のある都市にマンションを購入していた。

母親は大介君が寮へ戻るとき、悲しそうに帰って行くのを見たことがあった。今、振り返ってみると、受験勉強が思うようにはかどらず悩んでいたのかもしれない。

一九九七年七月三十日、大介君が二十三歳のときのこと。母親が家に帰ると留守番電話にメッセージが吹き込まれていた。

「大介君が倒れましたので、至急こちらにいらして下さい」

母親は、救急病院へ行き、大介君の自殺未遂の事実を知らされた。

「かっこ悪いなあ、俺」

「何てことをするの？　どうして？」

「ごめんね、母ちゃん」

大介君は心療内科に少し前から通院していた。人生に疲れ果てて、首を吊ったのだった。幸い隣室の同僚がすぐ発見したので大事にはいたらなかった。

そのときに母親は大介君が書いていた遺書を目にしていた。しかし、深く追及することは止めようと思い、遺書を大介君に返したのだった。何より、大介君は生きている。大事なことはその事実。大介君を問い詰めることで、さらに追い詰めてしまうのではないかと、不安を感じたのだ。

その後、大学院入試が失敗に終わり、より鬱の症状がひどくなった大介君は、会社を休職した。休職して間もない一九九八年一月には妹とタイへ行くなど、気分転換を図っていた。しかし、鬱はさらに悪化し、とうとう三月に東京の町田市民病院に入院することになった。そのときは五月には退院することができた。

六月になると今度は、中国に一人旅をした。しかし、二度の旅行も功を奏さず、帰国後、八月に東京慈恵会医科大学附属病院に入院してしまった。後に婚約者となる亜希さんとはそこで知り合った。彼女はそこの看護師だった。

彼は、森田療法と呼ばれる治療法を受けたが、厳しい治療に耐えられずに脱走した。病院側は、「彼には森田療法が合わないし、こちらも責任が取れない。大介君にはカウンセリングが必要なのではないか」と判断した。人当たりの良い大介君は、病院でも人気者で九月の末に退院するときは、たくさんの患者や看護師が見送りにきてくれた。涙を流している者さえいたという。

実家に帰った後、しばらくして亜希さんから電話がかかってきた。入院中にもそれなりに親しくしていたが、退院の日はちょうど亜希さんの非番の日で、別れの言葉も交わせないまま、大介君は東京を後にしていたのだ。亜希さんはカルテで連絡先を調べ、電話をしてきたのだった。大介君は優しくなぐさめてくれる彼女に夢中になっていった。精神的に弱くなっていたこともあったのかもしれない。

二人は急速に親しくなり、毎月一回ずつ東京と関西を往復して愛を育み、一九九

大介君の部屋に飾られた額縁
(彼が描いた彼女の似顔絵と自分の写真が重ねて収められていた)

九年の一月には、大介君が復職したら結婚しようという話にまでなっていた。二月に家に遊びにきた亜希さんは、ホテルに大介君と泊まった。二人は幸せの絶頂にいた。両親同士の挨拶もすませ、後は式だけという状況だった。

「生きてて良かった、おかげで一生をともにしたいと思える女性にも出会えた。本当に生きてて良かった」

しかし、運命はにわかに暗転した。亜希さんが、大学院に行きたいからすぐに家庭には入れないと言い出したのだ。

「僕が築きたいのは普通の家庭なんだ」

二人は何日間も、このことでもめた。

大介君が精神的に不安定になって、携帯電話に出ないようになると、亜希さんは会社にまで電話してきた。

「入院していた頃、一生懸命僕の話を聞いてくれた亜希の目が忘れられん」

母親には、一つ気になることがあった。彼女が会社や地元にやってきたときには、大介君は自分の友人や同僚に会わせているのに、彼女はちっとも友だちに会わせてくれない、と大介君が嘆いていたことだ。見た目は健康な人と変わらない大介君だが、鬱というのは一種の精神病。些細《ささい》な出来事でも病状を悪化させる危険があるからだ。

しかし、さらに追い打ちをかけるような出来事が待っていた。会社から鬱を理由に、機関士として仕事に復帰することを二年間見合わせるという決定が下されたのだ。鬱が落ち着くまでのしばらくの間ということだったが、弱り切っている大介君には厳しすぎる決定だった。

五月になり、やや疲れが見えてきたので、母親は大介君に会社を休ませた。死の四日前のことである。

有給休暇二日目、大介君は新幹線で東京にいる彼女に会いに行こうとしたが、その日は夜勤があると断られた。亜希さんは大学院に行くか、結婚するか、別れるか、最後の話し合いをその数日後にするつもりだった。

「疲れた……。もう何もかもどうでもいい。会社も、もう辞める」

大介君は、呟《つぶや》いた。

「今、四面楚歌の状況だ。理想と現実のギャップはあまりにも大きすぎる」

そして、一九九九年五月二十日、彼は自ら命を絶った。

取材当日

やっと楽になれたな、大介君

取材前夜、僕らは深夜バスで東京を出発した。バスに揺られること八時間あまり。終着の大阪駅に着く頃には夜が明け、すでに街は忙《せわ》しなく動き出していた。そこから電車を乗り継ぎ、伊藤さん宅に向かった。

最寄り駅に着くと、僕らは伊藤さんに「これからお邪魔します」と電話を入れた。すると、わざわざ車で迎えにきてくれるという。

ほどなく、母親が運転する車がやってきた。僕らが訪れたのは、一九九九年の暮れも押し迫った頃。何かと忙しい時期にもかかわらず、インタビューに応じて下さったのだった。大介君が亡くなってまだ一年も経っていない。心の傷はまだ新しく、気持ちの整理がまったくついていない可能性もあった。しかし母親は、話を聞きたいという僕らの申し出に快く応じてくれた。

母親との出会いは、その数カ月前のことだった。『遺書』の制作を決意した僕らは、取材に協力してくれる遺族の方々を探していた。そんなある日、めんどりの会という自助会を見学させてもらう機会があった。そこに、大介君の母親はきていた。息子を亡くした悲しみを誰かに打ち明けたい。しかし、平穏に暮らす友だちには、なかなか話せない。そこで母親は、同じ境遇の遺族が集まるめんどりの会に出席したという。

自助会とは、行政や民間企業が主体となるのではなく、当事者自らがともに支え合うために作る会のことである。その会合の多くは、非公開で行われる。しかし、僕たちの趣旨に賛同してくれた会の代表者が、例外的に会合への参加を認めてくれたのだった。

会合では、一人ひとりが順番に亡くなった子どもへの想いを語っていく。ルールは一つだけ。それは他人の語ったことに対して、否定や非難をしないということだった。たとえ偏見や過激な発言があったとしても、それはすべて深い悲しみを背負ったがゆえに出てくる言葉。まずは、胸にため込んだ、その行き場のない悲しみを吐き出すことが大事というわけだ。

そんな場所に部外者として一人参加した僕は、むき出しの悲しみに押しつぶされそうになった。しかし、同時に何とかしてこの悲しみを世間に伝えたいと思った。会合が終わった後、母親にそんな思いを伝えると、後日取材にご協力いただけるという返事をもらうことができたのだった。


駅で再会した母親は、以前よりもさらにやつれたように見えた。足が悪いのか、片足をひきずりながら歩く姿も痛々しい。

自宅には五分ほどで着いた。ご家族は、大介君が飛び降りたマンションにまだ住んでいた。外出するにも毎日、自殺現場を通らなくてはいけない。そのつらさはきっと体験した者にしかわからないだろう。それよりも、息子との思い出が詰まったこの場所を離れたくない、という思いのほうが強かったのかもしれない。

伊藤大介君のケースは、話を聞けば聞くほど、自殺問題の難しさを感じさせる。大介君は、幼い頃からの夢だった鉄道の運転士になり、家族からも愛されていた。

そして何より最愛の恋人との結婚を間近に控えていた。

もちろん幸せなんて、主観的なものでしかない。どんなにひどい人生を送っていたとしても、本人が幸せと思えば、それは幸せだし、逆にどんな恵まれた人生であっても、本人が不幸だと思えばそれは不幸なのだ。しかし、それでも死を選ぶほどの強い動機は見えてこない。大介君の場合、そこに鬱病という病が暗い影を落としていたのだった。

いじめなど具体的な危機が息子に迫っていれば、家族も何らかの対応ができただろう。しかし、鬱という精神的な病を家族が手助けするのは、容易なことではない。母親は、思い悩む息子を目の当たりにしながら、どうすることもできない無力感にさいなまれていたのだった。

大介君が残した遺書は、読む者にちょっとした違和感を与える。それはあまりに冷静だからだ。妹の心配をし、家族への気遣いも見せる。さらには、貯金の使い道まで指定してある。まさに自分の死後起こることを、すべて承知した上での決断。そう見ることもできる。だからといって、その行為が正当化されるわけではない。

遺書に書いてあったように、母親は貯金をユニセフに寄付した。

「何かしてやりたい。何をしたとしても、もう何も変わらないかもしれない。大介に想いは届かないかもしれない。でも、何かしてやりたいんです」

苦しむ息子に何もしてあげられなかった。そんな無念が母親を突き動かしていた。

大介君の死後、母親は会社の同僚や知人を訪ねて歩いたという。それは、大介君の足跡をたどることで、何とかして息子の苦悩を理解してあげたい、という思いからとった行動だったのではないだろうか。あるいは、「これに悩んでいた」というような、はっきりとした原因がほしかったのかもしれない。いじめによる自殺のように、悲しみを怒りに変え、その矛先を加害者や学校に向けることもできない苦しみが、そこにはある。後悔と自責の念が、家族をいつまでも蝕《むしば》む。

インタビューの途中で何度も泣き崩れる母親を目の前に、改めて鬱病の難しさを感じずにはいられなかった。母親へのインタビューの後、お会いした大介君の友人・Yさんは、そんな鬱病に苦しむ人々の複雑な心境を代弁していた。

「やっと楽になれたんだな、大介君」

大介君の訃報を聞いたとき、Ｙさんはそう思ったという。自殺してしまった友だちに向けたとは思えない不謹慎な発言だが、彼がそう漏らしたのには訳がある。

Ｙさんと大介君は高校時代からの親友だった。何かと馬が合い、いつしかお互いの家を行き来する仲になったという。そして、二人はほかの誰にも言えない秘密を共有していた。ともに死への抑えがたい衝動を持っていたのだった。

「大介君は高校時代から、落ち込んだときはいつも死にたいと言っていた。ほかの人の前では明るく振る舞っていたけれど、大介君は苦しんでいた。就職してからも調子が悪いときは、死にたい、一緒に死のうといつも言っていた。自殺未遂をする前も、死にたいと言っていた」

これはＹさんしか知らない大介君の秘密だった。家族や同級生の目には、いつも明るく楽しい人物としか映っていなかった。高校時代のクラスメイトのＫ君もそんな一人だ。「鉄道」という共通の趣味があったため、一緒に過ごすことも多かった。大介君がＪＲ貨物に内定した後には、二人でいろいろな鉄道に乗る旅に出た。卒業後も連絡を取っていたが、自殺未遂をしたこともまったく知らなかったという。

「一度、大介君と電話で話していて、『何でそんな悲しい声をしているの』と尋ねたこともありました。きっと、寮生活で寂しい思いをしていたんでしょう。つき合いが空白の期間、僕は彼に何もしてやれなかった。相談相手になれたら良かった」

Ｋ君は現在の心境をそう語ってくれた。

自分と同じ悩みを抱えて生きるＹさんにだけ、大介君は秘密を打ち明けた。そして、そんな大介君の苦しみが痛いほどわかるからこそ出たのが、冒頭の言葉だったのだ。

「ショックではなかった。……やっと楽になれたな、大介君。家族には申し訳ないけれど、本当にそう思います。もうちょっと、一緒に考えていきたかった。大介君はいつだって深く考えすぎていた。勉強だって無理しすぎていたんだ」

淡々とそう語るＹさんの言葉は、とてつもなく重い。

その後
子どもは一人だと言うようにしています

大介君の死から四年半ほど経ったある日、再び僕らは母親を訪ねた。正直言うと、大介君の母親に会うのは少し気が重かった。当時、亡くなってまだ間もなかったということもあり、僕らが取材した遺族の中で一番憔悴《しょうすい》していたからだった。もちろん、ほかの遺族が憔悴していなかったという意味ではない。ほかの遺族が、ある程度気持ちを整理して話してくれたのに対して、大介君の母親はその整理もままならないといった様子だったのだ。

取材のためとはいえ、その姿を再び目の当たりにするのはつらい。しかし、そんな心配とは裏腹にひさしぶりにお会いした母親は、いくぶん元気を取り戻しているように見えた。

「毎日のようにプールに行ってるんですよ。水中ウォーキングです。お医者さんが足の治療にもいいからって勧めてくれて。そこで友だちとおしゃべりするのが、今は楽しいんです」

そう言って母親は笑った。以前、お邪魔したときには笑顔なんて一度も見ることがなかった。悲しみに暮れ、ふさぎ込んでいた母親が、再び社会と関わりを持つようになっていた。そのきっかけはどこにあったのだろうか。思い切って尋ねてみることにした。

「大介が亡くなった後は、とにかく家に独りでいるのが嫌でした。静けさが耐えられなかったんです。静かだと、大介のことばかり考えてしまいますから。だから常にテレビをつけていました。そんな状態だったんですが、友だちがとても良くしてくれたんです。励ましの手紙をくれたりして、何かと気にかけてくれました。それで、いつまでもふさぎ込んでいたら、申し訳ないなって思うようになったんです」

周囲の温かい支えが、前向きに生きる力を与えたのだった。とはいえ、心の傷が完全に癒えたわけではない。

「（大介と）同じくらいの年頃の人を見ると、どうしても思い出してしまうんです。

だから、極力忘れるようにしてるんです」

〝忘れる〟という表現を聞いて、違和感を持つ人がいるかもしれない。忘れてしまったら、大介君がかわいそうだ。あるいは悲しみから目をそらすな、と考える人がいるかもしれない。しかし、実際には息子が自殺したという事実を受け止めるのは、そんな容易《たやす》いことではない。気持ちが落ち着く日もあれば、息子の面影がちらついて仕方がないときもある。晴れては曇る。その繰り返しなのだ。

心が沈む日が続けば、その分だけ日常生活に支障をきたしてしまう。そこで母親は立ち直るために、〝忘れる〟という手段を選んだのだった。遺族がそんな風に忘れることで、日常を取り戻しているといって、誰に責められるだろう。

さらに母親は、息子が自殺したことを知らない人と話をするとき、子どもは一人しかいないと言うようにしているそうだ。一人というのは、残された娘さんのこと。もし素直に二人と言えば、当然大介君のことを聞かれてしまうだろう。もちろんその場は適当に誤魔化すこともできる。しかし、決して心の中は穏やかではいられないのだった。

そんなとき、娘の存在が大きいという。

「娘がいてくれるってのは大きいです。先日も車椅子を押して、ＵＳＪ（ユニバーサル・スタジオ・ジャパン）に連れて行ってくれました」

母親を気遣って娘さんが、あちこちに連れ出してくれるのだという。

「年頃だし、早く結婚してくれないかなって思ってるんですけどね」

そう語る母親の顔からは、再び幸せそうな笑みがこぼれていた。

「大介が亡くなっていろんなことが変わってしまいました。私も昔は明るい性格だったんですけどね。それに以前は、秋の夕暮れが好きでした。でも、今は秋の夕暮れを見ると、悲しくなってくるんです」

失った過去はもう取り戻せない。最愛の息子を亡くした悲しみが完全に癒える日はやってこないだろう。しかし、母親は少しずつ前に向かって歩み出した。まさにそれは、大介君の最期の言葉をのみこんでチカラに変えていこうとする姿だった。

遺族による遺書への返信

愛しの大介君へ

　大介が急に旅立ってからもうすぐ八ヶ月になりますネ、今度の天国への一人旅はよっぽど居心地がいいのね。この間母ちゃんはとっても淋しくて悲しくて辛くて毎日がホント苦しい。母ちゃんも連れて行って欲しかったよ。大もほんとにどうしようもなく疲れて、疲れきっていたのネ、それなのに何も理解できなくて今、悔やんでばかりいます。

ゴメンネ、たった二十五年の人生だったけど大介は人の何倍も仕事に勉強にと頑張ったのだから普通の人の何倍分も生きたと思いますよ。

それに幼少の頃からの夢だった機関士にもなったんだし……。

それなのになぜ？　もっと人生をゆっくりと、のんびりと歩めばよかったのに優しくて親孝行で妹思いの大君、お母さんをいっぱい喜ばせてくれたし楽しませてくれましたネ、いろんなプレゼント（今も大切にしていますよ）も、もらったし、二人で旅行もしたネ。沢山のいい思い出を残してくれて本当に有難う、大は自慢の息子でありお母さんの誇りでしたよ（これが大にとってはしんどかったのかな？）部屋もそのまゝにしているから帰りたくなったらいつでも帰って来てネ、待ってますよ、キットね

母より

一月十二日

第2章執筆

自殺当日　宮坂太郎、小林倫子

短すぎた日々　宮坂太郎、小林倫子

取材当日　ｖｅｒｂ

その後　ｖｅｒｂ

第3章

伊藤　準［13歳］

遺書

家族の皆様。さきだつ僕をおゆるし下さい。

僕はお父さんにおこられて家にこなくなった○○君、○○君○○君、他に○○君、○○君に学校でいじめられていました。みんなたった一日で態度がかわり、皆、僕を無視しはじめました。そうじの時間はトイレで服をぬがされたり、水をかけられたりしました。いたずら電話もよくありました。僕がでると受話器をとったとたんきれてしまいました。また、お金のふんしつはしょっちゅうありました。五百円玉を2枚持っていくと、帰りには1枚になっています。このようなことが続き、今では五千円近くうばいとられました。まだまだありますが、僕はもうがまんできなくなりました。学校へ行っても友達はいますがその友達に僕を無視させたりしていそうでとてもこわいのです。生きているのがこわいのです。あいつらは僕の人生そのものをうばっていきました。僕は生きて行くのがいやになったので死なせて下さい。それからお父さん。自転車買ってくれて本当にありがとうございました。まだ一週間も乗っていないけど本当に感謝しています。自転車は○○ちゃんにでもやって下さい。

あいつらはＤ君やいろいろな人をいじめていました。○○などはまだその、いやそれがどれほど悪い事なのか分かっていないようなので僕がぎせいになります。

僕のまだきれるコートや服は○○ちゃんや○○ちゃん、○○君などにあげて下さい。僕の物なんかとっていてもしかたないのでそうして下さい。バスケットボード（ゴール）は○○君にあげて下さい。家族のみなさん、長い間どうもありがとうございました。

平成７年11月23日

春日中一年五組三番　伊藤準

（○○部分は原文実名）

かわり、みな僕を無視しはじめました。
して服をぬがされたりしました。
めりました。今では5千円しふんし

ろのがいやになりました。
いのたいしめられ心に深いキズを
らは僕の人生さえもうばっていき
にまで口をだしひやかしました。
しかたがないのでさきだつ僕を、
さい、

平成7年11月23日
春日中二年 [illegible]三香
[illegible]

自殺当日
誕生日のプレゼントを着て

「どうしようもない。これ以外の、道はないんだ」

つらかった。いやだった。準君は目の前に吊したロープを見つめた。まだ、生きていたかった。でも、すでに限界だった。

「もう、耐えられないんだ」

一九九五年十一月二十七日、深夜二時。伊藤準君はわずか十三歳の短い生涯を自ら閉じた。

自殺の原因はいじめだった。バスケットボール部の同級生六人からいじめを受けていたことを遺書に残し、準君は命を絶ったのである。

自殺の当日は期末テストが近く、準君は遅くまで勉強していた。父親は午後十時三十分頃に、

「夜食をとるか？」

と準君に尋ねた。

「うん」

父親と二人でパンと牛乳を食べたのが、十一時から十一時三十分まで。それからスポーツニュースを見て、入浴。彼の行動は、普段とまったく変わりがなかった。

しかし準君はすでに死ぬ覚悟を決めていたのだ。

「あのてっぺんから飛び降りたら、楽になるかな」

夕暮れどき、学校の帰り道。五階建てのマンションを見上げながら準君は呟いた。落ちかかった夕日が端正な顔に影を作っている。一緒にいた親友のT君は、何でそんなことを言うのだろうかと思った。

「おかしな冗談だなあ」

T君は準君がいじめられていたことさえ知らなかったのだ。ましてや自殺しようとしているなど、気づきようもなかった。後に、その事実にT君はずっと苦しむこととなる。

(当時準君がつけていた、学校提出用の家庭日誌より)

十一月二十二日

自殺しようと考えた。遺書も書いたし、どこからとびおりようか考えた。はやくみつけて死にたいな。

十一月二十三日

午前中、サイクリングへ行った。新しい自転車ともおさらばして死ぬことになった。
もうアパートもみつけた。屋上からはやくとびたい。

十一月二十四日

みじかい人生だったが、まだまだみれんもあるが、すべてあいつらがわるいんだ。
もう学校もつまらなくなったし、あの世であいつらをうらみます。
さようなら

自殺当日の深夜二時、準君は新品のジーンズとトレーナーに着替えた。前の週、父親に「アメリカ屋」という洋服屋で誕生日のプレゼントとして買ってもらったものだ。父の気持ちのこもった贈りものを身につけていたかった。

部屋から廊下に出ると、当然だが、妹の由加（仮名）の部屋と父親の部屋の扉は閉まっていた。扉の向こうでは二人がぐっすり眠っているに違いない。自らの死によって、家族がつらい思いをするだろうということを準君は予測していた。大切な家族を苦しめるようなことを、これからしようとしているのだ。

「お父さん、由加、ごめんなさい」

引戸を開けて、外に出ると身を切るような寒さだった。

「寒い……」

でも、もう十分後には寒さを感じることはなくなっているのだ。

「こわい……」

彼はこれから続いていくはずの人生に未練があった。だが、生きていたくても彼には生きていくことができなかった。いじめの続く毎日の中で、疲れ切っていたのだ。

「僕が死んだらあいつらも気づくだろう。いかに人を追い詰め、傷つけていたのかということに。あいつらにとってはただの遊びだったけれど、僕にとってはまさに地獄だった。僕の痛みなんてあいつらはまったくわかっていない。僕が死んだら、奴らはもう二度といじめをしないだろう。そしてどんなに僕を苦しめていたかわかるだろう」

準君は家から十数メートル離れた駐車場へと歩いて行った。そこには、父親が取りつけてくれたバスケットゴールがある。夜間でも練習できるように照明設備まで備えてある。三日前に父親と祖父が、風で倒れないようにと二人がかりで補強したばかりだから、人一人分の重さなら充分支えることができるはず。彼はロープを取り出し、バスケットゴールに結びつけた。そして、命を絶った。あまりにも短すぎる生涯だった。冷たい小雨が、彼の身体に降り注いでいた。

翌朝、新聞配達の人が準君を発見し、隣家の人間が首を吊ったと勘違いをして、隣の家に知らせた。隣家の人間はすぐに準君であると気づき、伊藤家に知らせた。準君の父親は、事態を飲み込めぬまま、すでに息のない息子を両手に担ぎ、病院に駆け込んだ。息子が亡くなったという事実を受け入れるのを拒むかのように。

それから父親は、警察に通報した。検死は朝六時までに終了し、遺体は戻ってきた。警察は遺書もある明らかな自殺と認定した。

「いったい、どうして……」

事実を受け入れるにはあまりにもつらすぎた。父親が準君の担任に電話を入れたところ、午前六時三十分に担任は伊藤家へとやってきた。

「いじめって遺書にはあるけれど、どうなんですか！」

父親は問い詰めた。教師なのになぜ気づかなかったんだ。息子が自殺しようとしていたことに気づかなかった自分への悔しさ、やるせなさとともに父親は叫んでいた。

「いろいろとあったことは認めます」

担任は謝罪した。でもいくら言葉を並べても準君は戻ってこない。

二十七日の昼頃から、多くのマスコミが伊藤家の周りを囲んでいた。わずか十三歳の少年がいじめを理由に自殺した事件は、衝撃的であった。当然、世間の関心を集めることとなる。父親は二十社以上もの取材に対し、一社ごとに事実関係のみを伝えるという形で対応していた。学校では、準君の事件を説明した後、生徒たちを下校させた。生徒たちは何が起こったかを受け止めるので精一杯だった。

「まさか、この地区で」

地域の人々は驚きを隠せなかった。

二十八日の通夜には一年生全員が参列した。その中には、いじめの加害者として遺書で名指しにされた生徒も含まれていた。遺族の意向は加害者を参列させないようにというものであったが、学校側は教育的見地という名目で参列させていた。こうした措置は、後に遺族と学校側との間にしこりを作っていくことになった。

誰もが準君の死を信じられない思いで聞いた。しかし、まぎれもない事実だった。準君の自殺は内的な要因ではなく、いじめという外的な原因であった。それを究明するべく、父親は行動することを決意した。そして、その動きは大勢の人々へと波及していくことになる……。

あの日から、すべてが変わった

身長一六四センチ。整った顔だちと筋肉質で細身の身体。準君は優等生なのに気さくで冗談も面白く、みんなに好かれていた。穏やかで怒ったりすることはあまりないけれども、周りからは一目置かれる存在。だが、決して「いい子」ぶってはおらず、小さい頃は近所の玄関の呼び鈴を鳴らして逃げたりもした。女の子の帽子を隠して先生に叱られたこともある。もちろん、いたずらですむ以上のことはしなかったが……。

やや神経質で完璧主義的な部分もあったが、それが学業の部分で発揮されている分には問題はなかった。親しい人にだけ見せる負けず嫌いな面もあり、勝つまでゲームをするようなところがあったが、反感を持たれるほどではなかったという。

好きな音楽はＢ'ｚや広瀬香美。スカイラインＧＴＲのラジコンで遊ぶのが大好きだった。いつも読んでいたのはＮＢＡのバスケット雑誌。好きな食べ物はポテトチップス。お気に入りのマンガは『浦安鉄筋家族』。上手なイラストを描けるのが自慢だったという。

どこにでもいる普通の少年だった。

準君は中学に入り、バスケットボール部に所属した。バスケットボール部にはかっこいい男の子が多く、女の子たちの憧れの的だった。準君は顔立ちが端正なだけでなくおしゃれでもあり、身だしなみに気を遣っていた。鏡の前でムースを使って髪を整え、父親のラルフローレンのコロンをつける。普段身につけるシャツやパンツもラルフローレンで統一し、ファッション誌などを参考にして服を選んでいた。

準君は当然女の子たちに人気があった。「いじめ」が始まったあの日までは。

何がどこでどう狂っていったのだろうか。

準君が生まれたのは一九八二年十一月十七日、新潟県上越市。上越市は人口十万人ほどの規模であり、市内のどこにいても山が視界に入るのどかな土地である。日本海に面し、冬には五〇センチ以上の雪が積もる。数多くのスキー場が存在し、関東地方の人たちからはウィンタースポーツのリゾートとして知られている。農村部と新興住宅街が混在し、人口の移動が比較的多い春日地区で準君は生まれ育った。

昔からの地主である準君の生家は、小さな旧農村地域にあった。父親は所有していた土地でアパートなどを経営し、成功していた。両親は性格の不一致から準君が十歳のときに離婚。自由奔放で世間体にとらわれない父と几帳面な性格の母親は、そりが合わなかったという。準君は自分の意思で父親のもとで暮らすことに決めた。兄妹を離してはいけないという考えから、当時三歳だった妹も一緒に生活することになった。祖母を手伝い、妹の面倒を見るしっかり者の兄。母親が家庭内にいなくても、準君はすねることなくまっすぐに育っていった。

父親はユニークな人物で、準君への接し方は世間一般とは違っていたが、二人の関係はとてもうまくいっていた。一緒にスーパーファミコンのゲームで遊んだり、週に一度は温泉巡りをしたり。それ以外にもいろいろなところを旅行していた。いきなり夜中の二時に準君を起こして一緒に星を見に行ったりしたこともあった。親子というよりは、まるで友人のような関係だった。

父親から見た準君はまさに「自分のことは、自分で何でもする手のかからない子」だった。たまに父に向かって意見することもあったが、理路整然と「お父さんはこうだからこうすべきだ」と提案するので、反抗するという雰囲気ではなかったという。父親が準君を叱るのは、妹を泣かせたときだけだった。

性格が母親に似たのか、準君は真面目で、学年百八十人中五、六番と成績も良かった。しかし、父親は成績に関しては無頓着。逆に勉強するのをやめさせようとさえしていた。

「畑や、山の手入れのほうが勉強より大切だ。自然とともに暮らして、人間らしく生きろ」

準君は農繁期には週二、三回畑に出たり、春には山菜を採りに行くなど、父親の言うことには素直に従っていた。ときには虫が嫌いだなどと少しブツブツ呟いてはいたが。

準君は、ざっくばらんな父親には似ず、几帳面で細やかな、人に心配をかけない優しさと強さ、そして自分のことは自分でするという責任感があった。

ただ人のことには親身になりつつも、聞かれるまで自分のことは言わないというところも少しあったようだ。友人を作るときも、積極的に話しかけるというよりはむしろ話しかけてくる人に打ち解けていくというやり方。いつものんびりにこにことしていて、自然とたくさんの友人が集まってくる。そういう生き方をしていた。

そんな準君を追い詰めた理由のひとつに、学校の問題も存在していた。

準君が通っていた春日中学校は、一九九三年度に校内暴力で荒れ、「生徒指導困難校」として教員一人が増員されていた。職員の研修を増やしたり、不登校の生徒に対して指導を行ったりするなど「上越でも先進的な取り組みをしてきたほうである」と学校側は自負していた。しかし、父母による授業中の巡回などは、準君が入学した頃にはすでに行われていなかった。

非行は減ったと学校や市教育委員会は見ており、周辺の中学にも春日中学校は指導に熱心だと言われていた。だが、事件後に急遽《きゅうきょ》行った実態調査で、実は無視などのいじめが日常化しており、一クラスあたりに二人も不登校者がいることがわかったという。

授業態度も、女性教師のときには、不良生徒たちが教室を抜け出したり、奇声をあげたり、歌を歌ったりするなど、まさにやりたい放題。さぼり、早退は日常茶飯事だった。

そういった授業中の生徒の行動について、準君のクラスでは学級会が開かれたこともあった。議題は、授業妨害をする生徒に対する処罰をどうするかだった。準君は三段階のうち最も重いものに手を挙げた。そうしたのは男子ではただ一人、女子で数人だけだった。

このエピソードは、準君には意志の強いところがあったことを物語っている。それがいじめを行う側から見ると「なまいき」「優等生ぶっている」と映ったのかもしれない。彼にとっては勉強が生活の一部だから、静かに授業を受けたかっただけなのに。

担任の教師は痩《や》せた三十代の男性だった。生徒に名前を呼び捨てにされて、ジュースを買ってこいと言われたら従うような気弱な人物だったらしい。善人ではあったが指導力が不足していると父親の目には映ったという。彼は準君の事件の二年後に転勤となって春日中学校から去っていった。

担任はいじめに気づいていなかったのだろうか。

夏休み前に父親は、担任から電話をもらった。

「お子様に変化はありませんか？」

もしかしたらこのとき担任は、何かクラスの異変に気づいていたのかもしれない。担任はクラス全員の親に電話していたというが……。

生徒たちの中には万引き事件を起こしたり、傷害事件で捕まったりする者もいた。ある生徒は先生に平手で叩かれたので、殴り返し、反対に泣かせたりすることもあったという。とにかく、荒れた環境だった。

準君に対するいじめが始まったのは七月のこと。その頃バスケットボール部の部員たちは練習後、しばしば準君の家に遊びにきていた。夕方六時三十分ぐらいに終わる部活練習。その後、夜八時ぐらいまで準君の家でしゃべったり、準君の家の駐車場にあるナイター設備のついたバスケットゴールで遊んだりしていた。

ある日、六人の部員たちが準君の妹をからかって泣かせたことがあった。当然父親は彼らを叱った。

「いい年をしたものが、年下の女の子を泣かせてどうする」

そして、次の日から不意にいじめは始まったという。父親にどなられたことを恨みに思っていたのかもしれない。裕福な生活をし、優しい父親を持つ準君への妬みもあったかもしれない。六人は全員中学一年生。子どもの残酷さと大人に近い身体。限度がわかっていなかった。そして準君はあまりにもまっすぐだった。

いじめはエスカレートしていく一方だった。初めは簡単な命令をするぐらいだったが、トイレで水をかけたり、服を脱がせたりするようになっていった。プライドの高い準君にとってその屈辱は、人格を否定されたのと同じだった。殴られることと

も何度かあり、現金も盗られていた。

彼をいじめていたとされるバスケットボール部の六人のうち四人がクラスメイトだった。いじめを行っていた六人は準君以外にも二人をいじめのターゲットにしており、準君へのいじめが始まったとき、一人はすでに登校拒否を起こしていた。夏以後、準君と並行していじめられていたもう一人も、登校拒否を起こしている。そしていじめは準君へと集中していった。

同級生は語る。

「いじめグループから準君を無視しろと言われたが従わなかった。でも、いじめの現場を見ても先生には報告しにくい状況だった。僕もこわかったんだ……」

別の同級生は、泣かされている準君を見て学年主任教師のところへ報告に行った。

「準君がいじめられて、泣かされています」

「……黙っていろ。放っておけ」

返ってきた返事に同級生は啞然《あぜん》とした。

準君が自殺してこの主任の態度は問題となったが、最初はそんな話は聞いていないと言い逃れようとした。それが無理だと悟ると、

「二人泣かされていた。そのうちの一人はケアをした。準君のことは誰かわからなかった」

と主張を変えた。報告に行った生徒が、最初から準君一人のことしか先生に言っていないと詰め寄った。しかし、結局うやむやにされてしまった。

準君はクラスで行われたいじめに関するアンケートで、

「無視されている」

と書いていた。

家庭日誌では「疲れた」と連発。

準君の服の洗濯をしていた祖母は、服が汚れたり破れたりしているのに気づいたという。

「大丈夫かね。お父さん、いじめられてるんじゃないの、あの子」

父親は、男の子だからそういうこともあると一笑に付しただけだった。

兆候はあったのだ。

いつしか、準君にとって、生きていくのは苦痛としか感じられなくなっていた。しかし、誰かに助けを求めることをしようとはしなかった。

「言って何が変わるのか」

友だちに言ったって助けてはもらえない。何をしてくれる。何もできない。心配させるだけだ。それに、もしかしたら「いじめられている僕」を、軽蔑《けいべつ》するかもしれない。馬鹿にするかもしれない。今までと同じ友情を保ち続けてほしいから、言えない。

お父さんにも言えない。言ったら、お父さんは先生に苦情を言うだろう。そんなことになって奴らが「チクった」などといじめをエスカレートさせたら、なおのこと困る。それにお父さんに心配をかけたくない。

「学校へ行っても友達はいますがその友達に僕を無視させたりしていそうでとてもこわいのです。生きているのがこわいのです。あいつらは僕の人生そのものをうばっていきました。僕は生きて行くのがいやになったので死なせて下さい」

彼は、こうして追い詰められていった。

取材当日

もっと一緒の時間を持っていれば

東京駅で待ち合わせた僕らは、まず上越新幹線で越後湯沢まで向かった。冬の越後湯沢は、スキーヤーでごった返していた。意気揚々とレジャーに向かう彼らに対して、こちらは遺族への取材旅行。緊張した面持ちで乗り換えの電車を待つ僕らは、明らかに場違いだっただろう。

越後湯沢からは特急はくたかに乗り換え、直江津に向かう。そして再び乗り継ぐと、ようやく目的の駅、春日山に着いた。心配していた雪は降っていなかったが、低くたれ込めた雲が威圧感を与えてくる。

タクシーで自宅に向かう前に、僕らは到着を知らせる電話を入れることにした。すると、父親は車で駅までやってくるという。伊藤大介君の取材に続き、またしても遺族の方に迎えにきてもらうことになってしまった。僕らがあまりにも頼りなか

ったのか。それとも、必要以上に気を遣わせてしまう態度だったのだろうか。取材のイロハなど知らない素人集団の僕らは、緊張もあり、ただご厚意に甘えることしかできなかった。

その後も、この新潟取材では、新潟の海の幸を一緒に食べに行ったり、日本海を見に行ったりと、父親と僕らの間には、とうてい取材者と遺族の関係とは思えない奇妙な距離感が形成されていった。それが良かったのかどうかはわからない。ただ、僕らを包んでいた過剰な緊張は、徐々に解けていったのだった。

自宅は、春日山駅から車で十分ほど走った住宅街にあった。「着きました。ここです」と、父親が指さした先には、ひと際大きな家屋が建っていた。車を降り、家屋に近づくと玄関先に、真新しいマウンテンバイクが置いてあることに気がついた。聞けば、亡くなった準君のものだという。あちらこちらに残る準君の遺品が、確かに彼がここに生きていたことを物語っていた。

インタビュー取材は、仏壇のある応接間で行われた。まるで準君に見られているようで、身が引き締まる思いがした。父親は、それまでの柔和な顔を一変させ、まるで昨日の出来事のように、とつとつと想いを語り始めた。

父親は、まさか息子が死を考えるほど追い詰められていたなんて、露ほども思わなかったという。生きて当然、そう考えていた。乱暴な言い方をすれば、衣食住さえ面倒見れば、子どもなんて勝手に育つと思っていた。

「子どもは自由に生きるもんだと思っていました。生きるのは空気みたいに特別意識しない自然なこと。当たり前のことだと思っていました。関心があったとすれば、勉強のことですかね。もし、もっと一緒の時間を持っていれば準はいじめのことをきちんと相談してくれたかもしれない。そうしたら、死という選択肢を選ばなかったかもしれない。ある意味子どもを過信していたのだと思います。だからそういう意味で言えば、死に近い家庭環境だったのかもしれません」

そういって、父親は苦笑いを浮かべた。しかし、そんな父親を責められるだろうか。どこに子どもが死ぬかもしれないと心配しながら、子育てをしている親がいるというのか。よほどの事情がなければ、そんな風に考えないのが普通だろう。何も対策を講じなかった学校や加害者に対して憤ると同時に、ふがいない自分への怒りを父親は感じているのだった。

ひと通り話を聞いた後、準君の部屋を見せてもらうことにした。二階に上がると、左手が子ども部屋になっていた。扉を開け、部屋に入ると正面に学習机がひとつ。そしてカーテンレールには、学生服がかけてあった。本棚や引き出しの中も当時のまま。壁にはバスケットボールの神様、マイケル・ジョーダンのポスターが貼ってあった。違うのは、部屋の主だった準君がいなくなったということだけだった。突然、後ろから準君が「ただいま」と部屋に入ってきても、僕らはけっして驚かなかっただろう。

些細なことから始まり、次第にエスカレートしていった、いじめ。いじめた少年たちは、面白半分だったに違いない。あくまで遊びの延長。人を力でねじ伏せる優越感に浸り、自分が特別な人間にでもなったと勘違いをした。ひょっとしたら彼ら

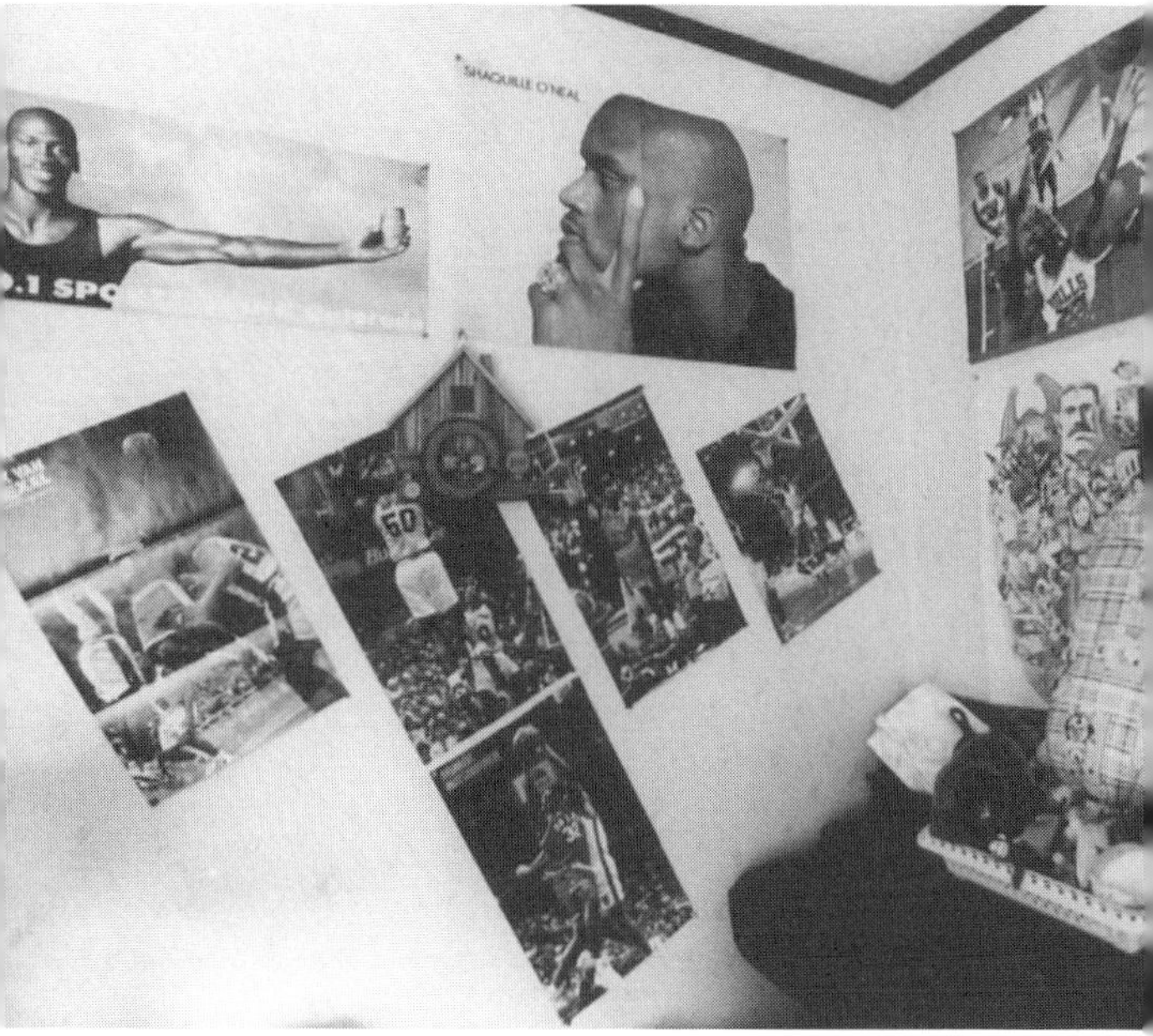
SHAQUILLE O'NEAL

自身にも止められなかったのかもしれない。もちろんだからといって、許されるものではない。加害者の少年たちが自分たちの過ちを認め、準君を死に追いやった責任を痛感していることを切に願う。

同時に教師や家庭が歯止めになれなかったことが残念でならない。明らかに準君は、サインを出していたのだから。

気がついてほしい。死にたくない。そんな準君の切なる想いが、届くことはなかった。

いじめは、家族、そして友だちから準君を奪っていった。突然の出来事に、ただただ茫然とする彼ら。しかし、もう二度と準君に会うことができないという現実は、容赦なく襲ってくる。主のいない子ども部屋。親友のいない学校生活。少年の早すぎる死の後には、けっして埋められることのない悲しみだけが残された。

その後
娘の夢は弁護士になること

二〇〇三年十一月、某日某所。前日の寒空とはうってかわって、季節はずれの暖かい陽気に恵まれたその日、僕らは再び父親にお会いした。取材からは四年、準君の死からは実に八年の歳月が流れたことになる。

この間、父親は上越市を相手取り二度の裁判を行っていた。準君のクラスで授業妨害が起きていたという事実を指摘し、準君の自殺に対する責任を追及したのだった。裁判をし、市を訴えることを決めると、「金が目当てだろう」あるいは、「責任のなすりつけだ」といった誹謗中傷が寄せられた。しかし、父親は「自分にも非がある。でも学校にも責任がある。それを明らかにしたかった」という。

「息子が亡くなってしまったのは事実ですから、そこから逃げてはいけないと思っています。だから、責任の半分は私にあります。でも、意見陳述のときに、そう言おうと思ったら、不利になるからと弁護士には止められました。最終的には弁護士も理解してくれたので、意見陳述に盛り込んだんですよ」

その陳述が影響したかどうかはわからないが、一審は全面敗訴。そして控訴した二審では、和解という結果に終わった。

「本当は判決に持って行きたかったんですけどね。でも、市側が譲歩してきて、勝ち取りたかった文言が、そこに入ってたから」

判決についての感想を聞くと、父親はそういって笑った。

伊藤さん家族は、僕らの取材後、引っ越しをしていた。あのまま上越市にいれば、娘が準君の通っていた春日中学校に進学することになる。しかし、裁判で訴えているその学校に娘を通わせることなんてできない。そこで、娘が中学校に上がる少し前に、引っ越しを決意したのだった。

見ず知らずの土地で送る娘との新しい生活。父親は、裁判終了後、いじめ、あるいは自殺という問題から極力距離を置くようにしているという。それは、早く平穏な生活を娘に送らせてあげたいという想いからだった。

　準君が亡くなってから、伊藤家の生活は一変した。連日のように押しかけてくる取材班。そして、それがひと段落した後は、裁判に全力を傾けてきた。心が休まる日なんて一日もなかった。それでも自分だけならまだ我慢できたかもしれない。しかし、まだ幼い娘に同じ思いをさせておくわけにはいかなかったのだった。

「今では家で、息子のことはほとんど話しません。たぶん、近所の人も知らないんじゃないかな。でも、忘れたわけではないですよ。やはり十一月がやってきて、命日が近くなると自然と息子のことを思い出します」

　娘さんが兄・準君の事件をどうとらえているのかは、直接話を聞くことができなかったため、わからない。しかし、少なからず影響は与えているようだ。なぜなら、娘さんの将来の夢は、弁護士になることだからだ。裁判の準備で頻繁に訪れる弁護士たちと話すうち、自分もなりたいと思ったのだろう。今、その夢に向かって頑張っているのだという。

「まだなれるかどうかわかりませんが、娘がはっきりとした目標を持ってくれたことは嬉しく思ってます。準の死が娘に与えた良い影響を探すとしたら、それは夢を持てたことだと思います」
もし、娘さんの夢が叶ったとしたら、きっとすばらしい弁護士になるに違いない。遺族たちは、それぞれの方法で最愛の人の死を受け止め、そしてそれを乗り切ろうと奮闘している。その姿は、やはり僕らの胸を打つ。

参考文献
上越市いじめをなくす会
『ともに刻む　生きるのがこわい!』
新潟日報事業社

第3章執筆
自殺当日　小林倫子
短すぎた日々　小林倫子
取材当日　ｖｅｒｂ
その後　ｖｅｒｂ

第4章

鈴木善幸［14歳］

遺書

3月19日（木）

○○せんぱいにおどされて8万円はらった
そして、あと4万円がはらえない。
ぼこぼこにされるなら死んだほうかましだ。
かあちゃんやとうちゃんの金はぜんぶ
○○せんぱいにはらった
これいじょうはらえない。
しゅうきんの1万円はかあちゃんに
かえす。
○○せんぱいにむりやり紙にかかられた。

ぼくはもう死ぬ。

鈴木善幸

（○○部分は原文実名）

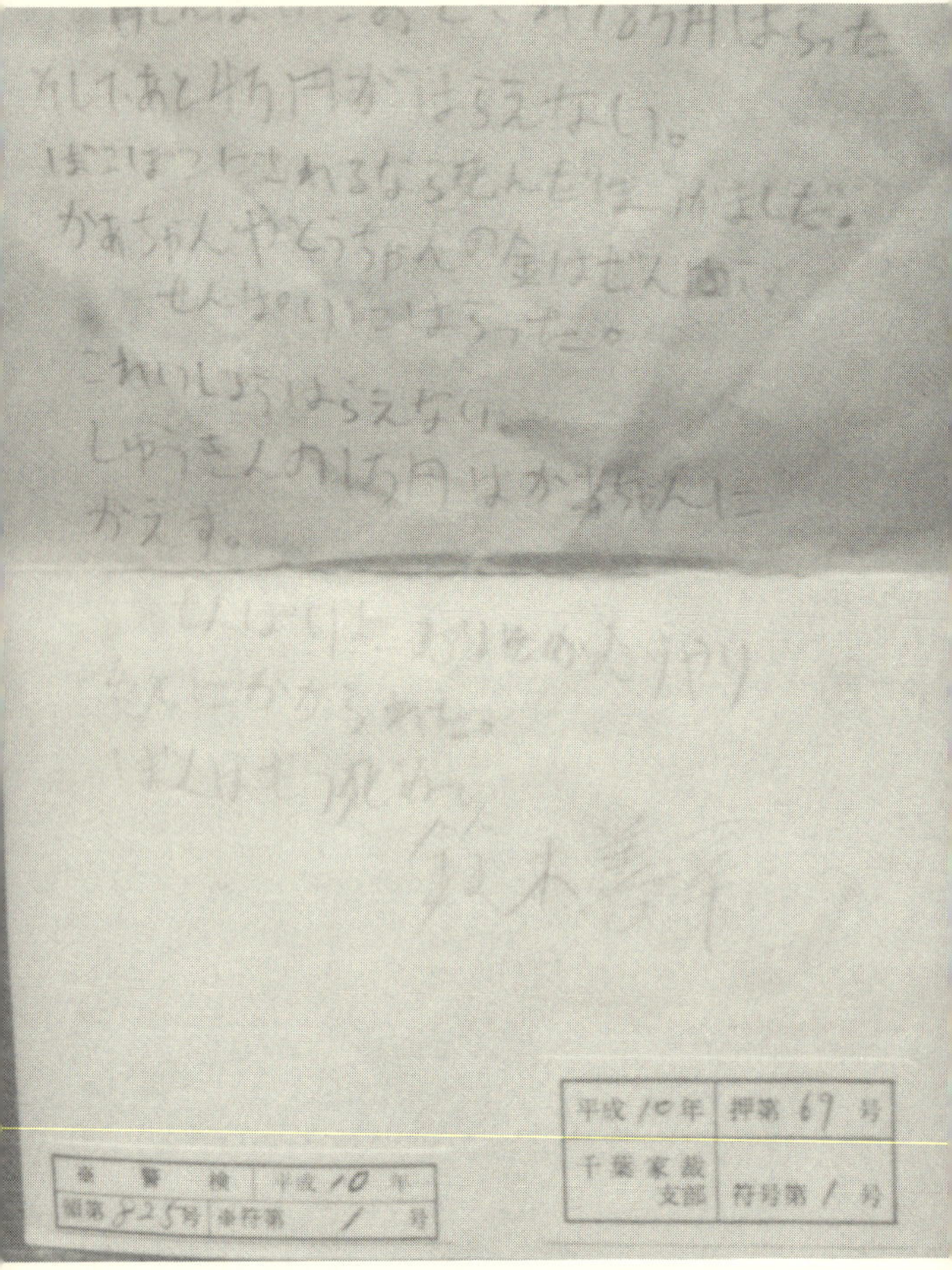
かしてあと何万円かはらえない。
ぼくはつかまるなら死んだほう　ました。
かあちゃんやとうちゃんの金けせん
これいじょうはらえない。
じゅうきんの15万円はかあちゃんに
かえす。

鈴木

平成10年　押第69号
千葉家裁支部　符号第1号

平成10年
第825号　第1号

自殺当日

暗闇のガレージで

「暗い……」

闇。

人が恐怖を感じる狭さや高さといった状況の中で、最も恐れられてきたものである。電気が普及する近代まで、闇から解放されることは人類の積年の課題であった。

一九九八年三月十九日のことである。当時、所属していた野球部の朝練にあまり行かなくなっており、授業にも遅れて行くことの多かった善幸君は、この日も時間になっても家を出ようとはしなかった。父親は仕事のため家を早く出ており、母親もその手伝いのため午前九時には家を出なくてはならなかった。

「何時に学校行くの？」
「十時頃には出るよ。二時間目が終わったら行く」
居間にあるコタツからだるそうに返事をする善幸君を、母親はいつものことだからと特別気には留めなかった。家には祖母がおり、制服姿で玄関を出るところを目撃されているが、その後の善幸君の足取りはつかめていない。

ただ、わかっていることは善幸君が倉庫に閉じこもるまでの間に、遺書を書き残していたということである。

自宅に作業場のある鈴木家では、ロープなどの道具には困らなかったのだろう。倉庫の中に置いてあった机の上に、遺書と一万円を善幸君は置いた。そのお金は部活動の積立金ということで親から受け取ったものだった。端の梁にロープを結び、真ん中の梁に通した。

彼は果たして何時間ぐらい倉庫の中に閉じこもっていたのだろうか。今となってはそれはわからない。

しかし、夕方にボイラーの調子を直すために祖母が工具を取りに倉庫に向かっている。前日にたまたま風が強かったせいか、シャッターが閉まっており、祖母は少しシャッターを上げただけで、そばにあった工具を取って引き返してしまった。善幸君がその日近所で目撃されていないのを考えると、そのときにはすでに倉庫にいたのだろう。

前日に風が強くなかったら、シャッターは閉められていなかったかもしれない。祖母が工具を探したときに、シャッターを開けて電気を点けていたら、善幸君を見つけられたかもしれない。いくつもの偶然が重なり、自殺は実行されてしまったのだ。

十九日、父親は千葉県市川市で仕事の総会に出席しており、帰ってこなかった。

家にいた母親も、善幸君はいつものように友人のところに泊まりにでも行っているのだろうと、不在をあまり気に留めなかった。ただ、その日、家の周りにやたらとカラスが集まって鳴いていたことが、母親の記憶に今でも印象深く残っている。

二十日の朝、仕事に出かけようとした父親が、工具を探しに倉庫に入ったところ、変わり果てた善幸君の姿を発見した。

すぐに警察へ一一〇番通報をしたが、もう冷たくなってからかなりの時間が経過していることは明らかだった。検死の結果、死亡推定時刻は午前零時すぎ、日付は三月二十日になってからのことであった。

残された遺書は二通あり、一通は両親にあてたもの。もう一通は野球部で一緒だった同級の部員にあてたものだった。遺書には実名をあげて、お金を脅《おど》し取られていたことが書かれていた。

善幸君が自殺したこと、遺書に書かれていることに、両親には心当たりが多少はあった。しかし、それまで何も訴えてくる素振りも見せず、いくら「大丈夫か」と聞いても「別に何もない。大丈夫」としか言わない善幸君が、そこまで深刻な状態に陥っていたことに両親は気づかなかった。だが、一カ月ほど前から鈴木家には、やたら無言電話や聞いたこともない人間からの電話が相次いでいたのである。

家族全員、善幸君が自殺したことが信じられなかった。翌日に楽しみにしていた野球の大会が控えていたのに。善幸君が通っていた遠山中学校の野球部は、地域でも強豪で、地区予選を勝ち抜き、県大会に進出することも多かった。野球部では三年生になって初めて公式戦に出場できることになっており、二日前にはレギュラーを決める紅白戦を行っていたのである。

試合はどうだったの、と聞いた母親に善幸君は、

「二対一で俺のほうが勝った。今日、俺いい当たりしたから四番バッターになれるかもしれない」

そうにこやかに話す善幸君に、「善幸が四番になれるわけないじゃない」などと冗談も言い合っていたのに、なぜ。

楽しみにしていることは、ほかにもあった。善幸君には姉が二人おり、当時、仕事の関係で東京に住んでいた長女が十八日に帰ってくることを、善幸君は非常に楽しみにしていた。実家に帰ってくる際に、財布が古くなっているので、姉に買ってきてもらうよう頼んでいたのである。姉が帰ってきたときにはすでに午後十時をまわっていたのだが、善幸君はそれまで待っていた。

「姉ちゃん、財布買ってきてくれた？」

「あ、ごめん忘れちゃった。今度二十三日に連休があるから、そのときに忘れずに買ってくるわ」

「絶対だよ。約束だかんね」

そう念を押していた善幸君だった。死ぬつもりの人間が果たしてそんなことを言うのだろうか。

楽しみにしていることが、すぐ目の前に迫っていたのだ。これからいろいろ楽しいことが待っている若者の将来を奪ってしまったもの。

それは、「いじめ」だった。

「いじめ」の事実を匂わせることは確かにあった。

母親の財布から度々お金がなくなっていた。不審に思った母親は、部屋でゲームをしている善幸君を問い詰めた。

「善幸、お金取った？」

「うん、このゲーム買うのに使った」

果たしてそれが、以前からあったソフトかどうかは母親にはわからなかった。まあ、スーパーファミコンのソフトなら一万円ぐらいはするだろう。そう思い、母親はそれ以上追及することを止めた。

学校から帰宅する善幸君の制服にも、変化はあった。しょっちゅう汚れていたのである。

「どうした？」

と聞くと、

「自転車でコケた」

という返事が返ってきた。何度聞いても、自転車で転んだとしか言わなかった。

自宅には、何度も善幸君あての不審な電話がかかってくるようになった。変だと感じた両親は、善幸君がそうした電話は取り次がないでくれと言っていたこともあり、「いない」と言って電話を切っていた。

しかし、そのうちに野球部の部員の名前で電話がかかってくるようになった。部員ならと電話をつなぐと、なぜか野球部とは関係のないお金のことについて話しているのを、二番目の姉は聞いている。

「善幸、お前、誰かからカツアゲされてるんじゃないの?」

そう迫る姉に善幸君は、

「大丈夫、何でもない」

と答えている。あのときに、もっと問い詰めていれば、と姉は悔やんでいる。

自殺後に、父親が善幸君の貯金箱を見ると、中身がすっかり空になっていたことがわかった。自分のお金もすべて差し出し、それでも足りなくて親のお金に手をつけたのだろう。

なぜ相談できなかったのだろうか、学校側が動いてくれなかったのだろうか。これには理由があった。

短すぎた日々

金を盗れるだけ盗ってこい！

一九八三年七月二十一日、善幸君はこの世に生をうけた。鈴木家三人目の子どもで、初めての男の子だった。跡取り息子という表現は古すぎるだろうか。家族の期待を一身に背負い、父親の善司さんから一字を取って、「善幸（よしゆき）」と名づけられた。

親に似たのか、小さい頃から身体が大きく、いじめられている同級生を助けたりするような一面もあった。

「身体つきの割には気が弱かったかもしれません。頼まれたら嫌とは言えない性格でしたからね」

学校の帰りや休みのときに、親に言われて仕事を手伝うことも多かった。

小学生の頃から、地元の少年野球チームに所属して頑張っていた。少々太り気味だった善幸君は、走ることが苦手だったが、バッティングは得意だった。少年野球のチームがそのまま持ち上がりで遠山中学校の野球部になる形で、善幸君も中学校では野球部に所属した。

太り気味の身体も、身長が高くなるにつれ、ちょうど良いバランスとなり、野球部でのポジションは主にライトかキャッチャーだった。特別どこのプロ野球チームが好きということはなかったようだが、あえて言うなら巨人ファン。そんな野球少年だった。

身長は一七〇センチほどあった善幸君だが、気が弱いからなのだろうか、姉弟ゲンカをほとんどしたことがなかった、仲の良い姉弟だった。二人の姉と年が離れていたせいかもしれない。よく一緒に『マリオカート』や『ＤＸ人生ゲーム』などのテレビゲームをやっていた。年が離れていたので同じ学校に同時期に通うことはなかったが、いつも友だちの輪の中心にいて、マンガが好きだということが、善幸君に対する姉の印象だった。

「成績はあまり良くなかったからな。高校に行かないで、就職することも考えていたみたいだな」

バイクの免許を取って、父親の知り合いの魚市場で働くことや、父親の跡を継いで建築業をやることも考えていたようだ。

野球部でも仲良くやっていたらしく、人気者でもあった善幸君がどういう経緯で自殺にいたったのだろうか。

「小学校の少年野球チームが持ち上がりで、そのまま中学の野球部になる関係で、上下の繋がりは結構あったんです」

そう言って、母親はいじめについて語り始めた。

中学に入った善幸君の一つ上の学年で、野球部のキャプテンをやっていたＩ君という男の子がいた。Ｉ君の一つ上に、遺書で名前を挙げられていたＡがおり、Ｉ君は徐々に悪い仲間に引き込まれていった。

「Ｉ君の家に泊まりに行ってくる」

善幸君が二年生になってからのことだった。両親はＩ君なら、親も知っているからと気楽に送り出したのである。ところが、実際に泊まったのは、後にいじめグループの一人となるＢの家であり、そこで善幸君はＡ、Ｂ、Ｃの三人と知り合うことになる。善幸君の二つ上で高校を中退しているＡ。善幸君と同級生のＢとＣ。そのときに、「タバコを吸え」だとか、「酒を飲め」などと強要されたことが後日わかっている。

不良グループであるＡたちに巻き込まれていった善幸君は、その中では使いっ走りの扱いだった。一番下の立場の善幸君は、Aの気分次第で小突かれたりもしていた。同級生を殴れと命令されたこともあった。

「俺、先輩からお前を殴れって言われたけど、殴らないから、殴られたフリをしてくれ」

その同級生が先生に報告したが、何の動きも起きなかった。逆に、殴らなかったことがAのグループにバレてしまい、報復を受けそうになったのだ。

学校でやられそうになった善幸君を、同じクラスの友人たちが守ってやるよということで、教室を移動する授業の際にガードをしてくれた。ところが階段を昇っているときに、善幸君は踊り場で筆箱を落としてしまい、友人たちが先に上に行ってしまった隙に、グループの連中に引っ張られて、殴られてしまったのだ。

公園に呼び出されて殴られ、顔を腫らして帰ってきたこともあった。そのときは、学校に連絡すると、

「警察に行ってくれ」

という答えが返ってきた。診断書を持って警察に向かうと、

「また、あのAか」

という反応。地域でも有名な荒れた高校を辞めてふらふらしていたAは、少年課で名前が知られているほどの存在だったのだ。しかもAの父親は警察官。成田からはちょっと離れた市川に勤務していたらしいが、Aの行動を諌《いさ》めるため異動時期でもないのに、成田の隣の佐倉に異動をさせてもらっていたという。

警察にまで行ったのだから、もういじめは起こらないだろうと両親は考えていたのだが、それは甘かった。

一九九八年三月五日のことである。A、B、Cの三人は賭けポーカーをやっていたのだが、CがAに四万円も負けてしまった。Cは母親に電話をして工面してもらうように頼むが、母親は当然、「そんなもの払えない」と突っぱねた。そこで、善幸君に呼び出しがかかったのである。どうやら、Cとコンビニに寄った際に、善幸君が五百円ほどをおごったことから、

「善幸なら金を持っているだろう」

という話になったらしい。それで、Aたちは善幸君を迎えにきたのである。Aは
Cにバタフライナイフを渡し、

「これで脅して金を取れ」

と言い、Cは善幸君の顔にナイフを突きつけ脅したのだ。しかし、当然のことながら善幸君が四万円もの大金を持っているわけがなかった。

すると、AがCに善幸とケンカをしろとけしかけ、ちょっとした小競り合いを起こした。その日はその程度ですんでいる。話を聞いたCの母親が学校に連絡すると、やはり警察に行ってくれとのこと。Cと親が警察に出向いたのは夕方だったのだが、すでに少年課の刑事たちは帰宅してしまっていた。代わりに刑事課が応対したが、やはり取り合ってくれなかったらしい。

次の日には、善幸君も学校で先生に呼ばれて、事の顚末《てんまつ》を聞かれたらしい。そのときに、先生が善幸君の親と電話で話していたら最悪の事態は防げたかもしれない。ところが、電話をかけた際に、話し中だったのか、その後電話をかけ忘れてしまったらしいのだ。善幸君は仕返しがこわくて、親や家族には何も言えなかったのであ

る。そのちょっとした勇気が運命を左右していたかもしれないのに。

被害届を警察が受理したのは、彼が死んで一週間も経った後のことであった。

そして、三月十四日頃には、再びお金を持ってこいと脅されたことが後日判明している。

「三月十七日までに払います」

という、借りてもいないお金の借用書のようなものまで書かされていたのである。自分の貯金箱から、ついにはゲームを買ったとウソをついて親の財布から、Aに払っていたのだ。

その事件が起こる前から、無言電話やら偽名の電話やらが相次いでいたので、善幸君がお金を取られていたことは以前からあったのかもしれない。

遺書に、

「○○せんぱいにおどされて8万円はらった　そして、あと4万円がはらえない」

とあるように、Cの賭けポーカーの負け代以上の金額が示されているのだ。

偽名や部員の名前では、電話には応じなくなっていた善幸君に、Aは自分の彼女を利用して呼び出しの電話をかけさせている。

「遠山」と名乗ったその女を不審に思い、母親が学校に問い合わせてみると、学校にはそんな名前の生徒はいないという答えが返ってきた。

しかも、善幸君が倉庫に閉じこもり見あたらなかった自殺前日の十九日にも、Aの一味から電話がかかってきていたのである。

「善幸君いますか」

という問いに、てっきりAらの家に行っていると思っていた母親は、Aらがウソをついているのだと思い、

「そっちに行っているんでしょ」

と電話を切っている。

後日、Aは善幸君に対し、こんな脅しをしていたことも判明している。
「死んじゃえば金払えっこねえんだぞ！　殺されたいのか！」
「親から金を盗れるだけ一気に盗ってこい！」
「払えなかったら、ボコボコにしてあばら骨を折ってやる！」

そして、追い詰められた善幸君は自殺を決意する。翌日には、初めてのレギュラーになれるかもしれない試合を控えていたのに。お姉さんに頼んでいた財布を買ってきてもらうはずだったのに。

いくつもの楽しみにしていることが待っていたのに、それらを差し引いたところで耐えられないほどのいじめだったのだろう。

善幸君に対するいじめに、学校や周りの生徒たちが気づかず、手助けできなかった理由もあった。少々荒れ気味だった遠山中学校では、善幸君のことは特別目立った問題ではなく、そして善幸君は傍目《はため》から見ればAの仲間の一人、と思われていたのである。悪い仲間の一員と勘違いされてもおかしくなかった。実際、金銭的な問題、そして特殊な上下関係が存在しなければ、善幸君も彼らグループと友だちとしてやっていけたのではないだろうか。

彼らを恐れる一般の生徒が、そんなことに気づくことはできなかった。そして、気づかなかったからこそ、善幸君は自殺にいたってしまったのではないだろうか。

こういったいじめ自殺の場合、加害者たちは実際に善幸君に手をかけたわけではなく、原因となるものを作っただけであるため、犯罪として立証することは非常に難しい。加害者側がやっていないと主張した場合、よほどの証拠がない限りは責任を追及することは難しいのである。その結果として、学校とそれを監督する立場である行政の監督責任を裁判することが多くなっている。

しかし、善幸君のケースの場合、実名でいじめの加害者を挙げていたうえ、けがを負った際の病院の診断書や、何度か警察に出向いていたことにより、立件するだけの充分な証拠が残っていた。それゆえ司法判断がスピーディに行われることになった。

善幸君が自殺してから五日後の三月二十五日。まず、Ａが傷害と恐喝の未遂などで逮捕された。Ａは当時十七歳。

また多くのいじめの舞台となったであろう部屋の主であるＢも事情聴取をされている。父親が外に女性を作ってほとんど家に帰ってこないので、Ｂを戒める人間がいなかったのだ。そのため、Ｂの部屋がたまり場になっていたのである。

四月十四日に、千葉地検はＡを恐喝未遂と傷害罪で千葉家裁に送致し、ＢとＣを恐喝未遂で同家裁が在宅送致にしている。また、同日に逮捕され、警察署に拘留されていたＡは千葉少年鑑別所に移されている。

そして、五月八日には、Ａの処分を決める審判が千葉家裁で行われ、「非行態様は悪質で執拗」だったとして、Aを中等少年院に送致する決定がなされている。また、自宅がたまり場となっていたBは教護院に、Cは自身もAにいじめられていたとして家庭内保護になっている。

また、通常こういったいじめ自殺の裁判の場合、処分の決定が明らかにされることはあまりないのだが、逐一報道されたことにより、我々もここに記すことができたのである。

Aの両親は、善幸君が自殺してから一カ月も経ってから鈴木家を訪ねてきた。家の場所がわからなかったという。そんなことがあるのだろうか。父親の善司さんは座敷には通さず、玄関で応対した。長女が、

「Aが中等少年院から出てきたらどうするんですか」

と尋ねると、Aの両親は、

「どこかに預けます」

と答えた。

両親の監督不行届により、Ａがあそこまでグレてしまったのに、責任を放棄するという。このことに鈴木家は憤慨した。どのくらい沈黙が続いたのだろうか。父親は警察を辞めてでも、息子の面倒を見ますと口を開いた。

Ａの母親が、この事件により自殺未遂をしたらしいということを、懇意にしていた東京新聞の記者から、善幸君の両親は後日聞いた。

家から紐を持ち出し、近所の公園で首を吊ろうと出かけたのだ。母親の様子がおかしいと気づいた子どもが後をつけて行き、自殺を止めたという。

刑事裁判による審判は彼らに下された。しかし、民事による示談並びに損害賠償は行われていない。十年以上かかる裁判をやったとしても、金額は五十万円がいいところだそうだ。直接手をかけた殺人などの場合と違い、あまりにも少なすぎる賠償。これが日本の司法の現状なのだ。

善幸君のことに関して、お金で計りたくないという気持ちもあるのだろう。果たして、天国の善幸君はこの結果に満足し、浮かばれたのであろうか。

取材当日

蒸し返されるのはあまり好きではない

首都高速から東関東自動車道に入り、走ることおよそ一時間。闇夜に離発着する飛行機の灯りが見えてきた。そして、ゆっくりとスピードを落とし、成田ＩＣを降りた。日本の空の玄関口、成田空港。そのすぐ脇に広がるのどかな住宅地に、鈴木さんのお宅はあるはずだった。

道に迷い、しばらく静まりかえった住宅街を行ったりきたり。ようやく鈴木さん宅にたどり着いたときには、時計の針は、午後八時を回ろうとしていた。

居間に通された僕らは、早速インタビューを始めることにした。

善幸君が繰り返し受けていたのは、陰湿ないじめとはまた異なる荒れた学校特有の暴力によるいじめだった。誰かに相談したくても報復を恐れて、打ち明けることができなかった。

痛み。恐怖。そして相談しても何も変わらないんじゃないかという絶望感。それらから逃れるために、善幸君は自殺という選択肢を選んだ。彼の選択を支持するわけにはいかないけれど、その気持ちは痛いほどわかった。

中学生になると、部活もあり一日の大半を学校で過ごすことになる。世界の中心が家庭から学校に変わるのだ。もちろん学校の外にも世界は広がっているけれど、なかなか広い視野を持つことができない。

高校生になりバイトでもすれば、その世界観はあっさりと崩れ去るだろう。しかし、中学生ではそうもいかない。自分なら暴力に立ち向かうことができるだろうか。果たして、そんな勇気を持てただろうか。話を聞きながら、そんなことを思った。

こちらの質問に対して、両親は最低限の言葉しか発しなかった。さらに当時の状況を詳しく聞き出そうと思っても、記憶が曖昧《あいまい》なことも多かった。そのうち、詳しくはこれを見てほしいと、善幸君の事件が掲載された記事を渡される始末だった。

父親はもともと口下手なのだろう。だから、自分が語るよりも記事を見てもらったほうが、わかりやすいと思ったのかもしれない。しかし、多くを語ろうとしないその様子は、語ること自体を拒否しているようにも思えた。

そして何より驚かされたのは、善幸君が使っていた部屋がもうないということだった。すでに荷物の大半は処分してしまったという。思い出が詰まっているであろう、それらを捨ててしまうなんて、ちょっと考えられなかった。遺族は、そういうものを大事に取っておくもの。そんな風に僕らは考えていた。

しかし、考えて見れば、悲しみの表し方は人それぞれのはず。大声で泣き叫ぶ人もいれば、逆にいつも以上に明るく振る舞うことで、平静を保とうとする人もいる。鈴木家の人々は、思い出を遠ざけることでなんとか生きていこうとしたのだった。

少し気分が落ち着いてきても、善幸君が残した遺品を見たら、悲しみのどん底に再び落ちてしまう。事実、姉は「こうやって家族のことを蒸し返されるのはあまり好きではない」と言っていた。せっかく立ち直ろうとしているのに、もうほうっておいてほしい。そんな気持ちだったのかもしれない。

悲しまない遺族なんていない。それを証明するように、後日いただいた姉から善幸君に宛てた手紙には、言葉にはできない深い悲しみが刻まれていたのだった。

その後

誰かが、毎年お墓参りにやってくる

二〇〇三年十一月。初めて鈴木さんのお宅にお邪魔してから、四年あまりが経過していた。周辺には新しい家が建ち並び、閑散としていた街並みは一変していた。何とか記憶の糸をたぐり寄せながら、家を探し当てた。早速訪ねると、両親はちょうど仕事から帰ってきたところだという。

「善幸が生きていれば今年で二十歳だからな」

四年前にお邪魔したときの思い出話を両親としていると、父親はときの流れを感じたのか、そうつぶやいた。近所で当時の同級生に出くわすと、自分の息子も生きていれば、こんな風に大きくなっているんだなと思いを巡らすという。記憶の中の善幸君は、いつまでも十四歳のままなのだ。

父親はいまでも変わらず工務店を営んでいる。毎日、母親と連れだって現場に立ち続けているという。体力がものを言う厳しい仕事だ。しかし、父親は身体が動かなくなるまで、仕事を辞めるつもりはないという。なぜならこの仕事は、生前、善幸君が継ぐことを楽しみにしていたものなのだ。

生きていれば、もう一緒に働いていてもおかしくはない年齢。思えば、善幸君が首を吊ったのも、父親が毎日作業を行っていた倉庫だった。父親は仕事を続けることで、善幸君と対話しているのかもしれない。

鈴木さん家族が暮らすのは、小さな田舎町。加害者の少年たちとばったり出くわしてしまうということはないのだろうか。

「みんなは、事件後、すぐに街を出て行ったよ。いれねぇだろう。こっちも会いたくないしな」

加害者の少年とその家族たちは、事件直後、逃げるようにしてこの街を出て行った。

両親には一つ気になっていることがあるという。それは善幸君の死後、毎年、命日がやってくるとお墓に花が供えられていることだ。自分たちが花を供える前に、誰かが置いていくのだという。

ひょっとしたら、暴力をふるったことを悔やんだ加害者かもしれない。あるいは、見て見ぬ振りをしていた同級生なのだろうか。それは、わからない。しかし、誰かが善幸君の死を今でも悲しんでいることだけは確かだった。このエピソードを語る両親は、とても嬉しそうだった。

当時の担任の先生も毎年、線香を上げにやってくるという。何もしてあげることができなかった自分をいまだに責めているのだ。

善幸君はまだ人々の心の中に生きている。彼の死を記憶し、悲しむ人がいる限り。

遺族による遺書への返信

姉からの手紙

まず、善幸の死を知ったのは、亡くなって（父が亡くなったことを知ってから）約五時間ほど経ってから。私は朝、仕事が終わって友達の家に居ました。携帯電話を車の中に置いたままだったので連絡が遅くなってしまいました。これが一番の心残りです。

善幸とは仲が良く、夕食を作ってもらったり、TVを見て二人でモノマネをしたりしました。善幸は明るい性格なので、笑顔が絶えませんでした。

善幸の死を知って、変わり果てた善幸の姿を見たとき、声も出ませんでした。涙を流すこともしていません。平気だったのではありません。何もする気が起こらず、考えることさえできないくらい悲しかったのです。生活が落ち着き冷静になってから、善幸がもういないことを実感するようになると、やっぱり涙は溢れてきました。

この間、どこのTV局かはわかりませんが、ある番組で外国人タレントが、

「いじめにあったら、はずかしがらずに家族や先生に言ったほうがいい」

と言っていました。そのとき、私は、

「何、言ってんの！ 恥ずかしいんじゃなく、みんなに言ったことを知られてしまったときの、仕返しがこわいんだよ！」

と思いました。よくこの様な言葉をえらそうに言えるなあと思いました。

遺書にも、「ぼこぼこにされるなら……」と書いてあるのに。

「いい年をして、言葉を理解できないのか！」って思った。誰だって、骨を折られたり、煙草を押しつけられたりされたらイヤだと思う。お金だけとられていたのなら、自殺なんてしなかっただろう。その仕返しがあるから言えない。

当時を振り返ると何日か経って仕事に行ったときは、みんな変わらない態度で接してくれたので、うれしかった。へんに言葉をかけられたら、悲しくなるから

……。

でも、今は、同僚に、善幸のことをたまに言われるけれど、私は、善幸を誇りに思っている。なぜなら、みんなによく言われるからだ。

「善幸君は、強い！　こんな言い方、悪いけれど亡くなってほかの人たちが安心した。善幸君の友達が何人も助かった。誇りに思いな」

と言われて、すごくうれしい。全然イヤな気がしないので。もちろん、この世からいなくなったことは、悲しい。でも、善幸にとっては、天国で、おじいちゃんや友達（私の友達！　交通事故で亡くなってしまい、善幸とは、けっこう話もした）と一緒のほうが幸せと思う。もちろん天国で、友達もたくさんできただろう。私の中学校の担任だった先生とみんなで野球をしてるんだと思うと少し安心する。むしろ善幸は幸せにしているだろうって心から思う。そして、私たち家族を応援してくれていると思うと何だかすごくうれしい。自ら命を絶った弟を強い人間だと思う。そして、何度も言うように誇りに思う。大好きだった、大切だった弟を誉めてあげたい。遺書を残してくれたこと、ありがとう……と言いたい。

善幸が亡くなってから今まで、ずっと支えになったのは何といっても家族と同僚の人たちです。（だから、私は会社を辞められない。会社の友達を失いたくないから……）みんなみんな、大好きだから。

そして、最後にみんなに言いたいのは、身近に自殺した人がいないから悲しみがわからないとは思うけれど、もしも、ってことを思って考えてほしい。家族の一人が自ら命を絶ったら……自分の子どもがって思ったら。私もそうだったから。善幸が亡くなってから、改めて気づくことが多かった。他人事だと思わないでほしい。

そして、言葉のはずみで死にたい、死ぬとか言わないでほしい。そういう人は、絶対に死なないから……。私の友達にもいるけれど私はいつも怒って殴っている。そして、目が覚める。でも私は、この友達のこと、大好きだ。

天国にいる善幸に……

「今、幸せですか?」

父親からの手紙

善幸よ
こんど生まれかわったらなにがあっても
父母に相談できる子として帰って来てね

今　天国で何をしているの

一度二度と父ちゃんに天国の思い出を話しに来てよ
ゆめもみしてくれ
元気でいるか　たのむよ

父より

第4章執筆
自殺当日　宮坂太郎
短すぎた日々　宮坂太郎
取材当日　verb
その後　verb

第 5 章

秋元秀太 ［19歳］

遺書

もうつかれた
人にうたがわれることにも
人をうたがうことにも
もっと好きなことにのめりこみたかった
もっといろんなことがやりたかった

でも　もうつかれた
こんな弱い自分にいやけがさした
もっともっと強い人間になりたかった
親を泣かせた自分がキライだ

死ぬのはこわい
罪はかんたんにつぐなえるもの
ではない

もっとおやじと楽しいさけをのみたかった
みんなごめん

みんな大好きだ

もっといっしょに
居たかった

強い心が
ほしかった

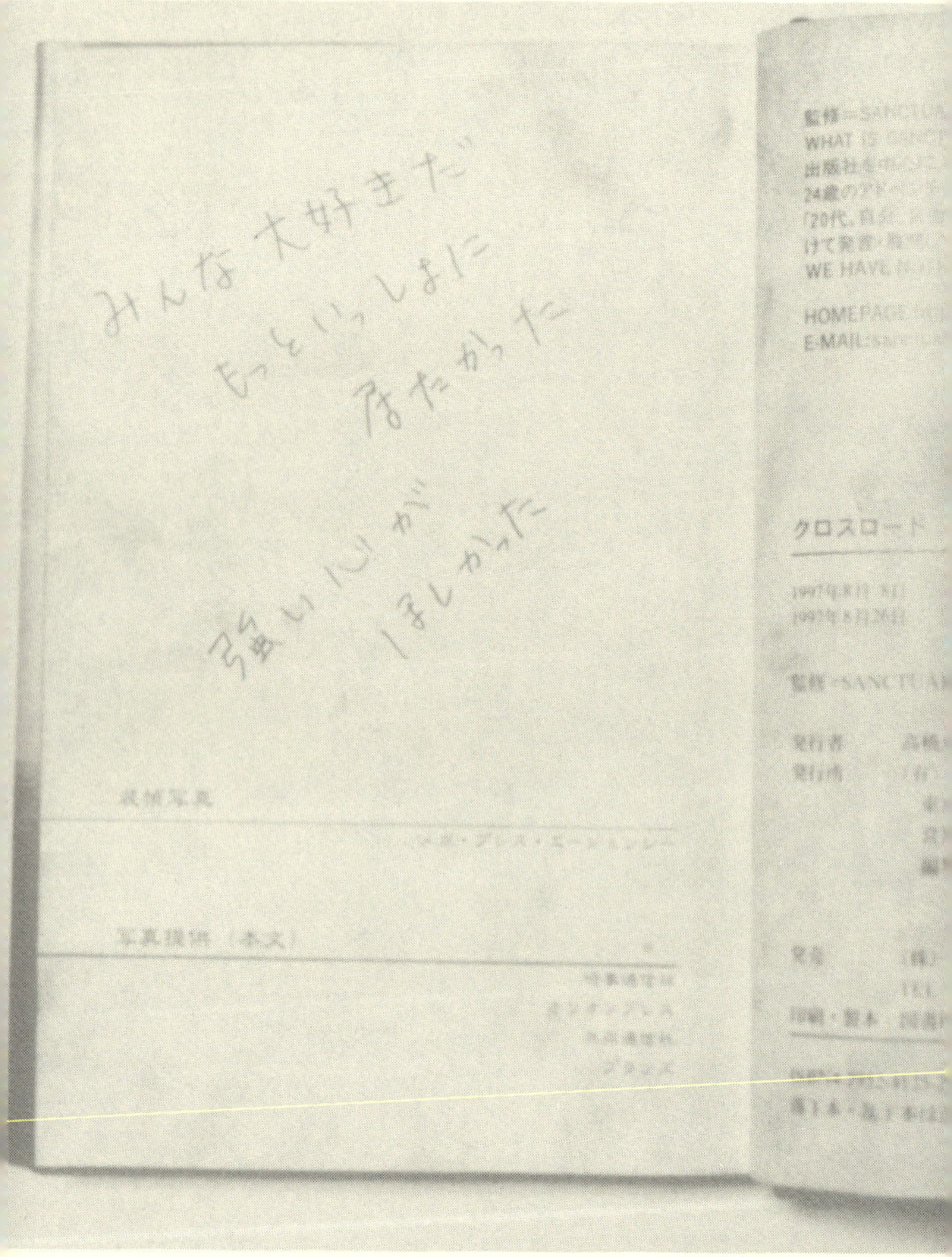
みんな大好きだ
もっといっしょに
居たかった
強い心が
ほしかった
WE HAVE
HOMEPAGE
E-MAIL
クロスロード

自殺当日
もう俺じゃない

一九九八年二月三日、岡山県。

秀太君の母親、秋元美智子さんは昼頃に会社を早退した。秀太君が通っていた空手道場の父母とともに、神社で節分の準備をするためだ。これは毎年恒例の行事であった。

家にいた妹の君王《きみお》さんや出社していた父親の政和さんも、去年までと変わらない節分の日を過ごしていた。ただ、大学一年生の秀太君だけが、一人遠い東京の空の下にいた。

母親が帰宅すると、君王さんが留守の間の出来事を告げた。

「お兄ちゃんの大学から、連絡くれって電話があったよ」

学校で何かあったのかしら。そう思いながら、秀太君の所属する空手道部へと電話をかけた。

「秋元君が空手道部の合宿所から逃げた」

夕方の六時半頃のことだった。

「普通の大学生活を送っているはずの息子が、突然いなくなるなんて」

母親は胸騒ぎを覚え、横浜に上京している秀太君の幼なじみに電話をかけた。ほかの友人にも電話を入れ、何か連絡が入ったらすぐに教えてくれるように頼んだ。


午後八時すぎにもう一度空手道部の師範へ連絡を取ると、秀太君の現金やキャッシュカードが部屋に置きっ放しだという。そのとき、何かがおかしいと感じた。これまでにも、練習がつらいなどの理由で学生が合宿所から逃げ出すことはあった。だが、彼らはお金だけは持って出ていったと、母親は以前に聞いていた。それが何も持たずにいなくなるなんて……。

「まさか、自殺なんかせんよね」

母親は帰宅した父親に向かって、つい不安を漏らした。

「そんなこと、あるわけないやろっ！」

そう言ってはみたものの、父親自身も胸に広がる不安を消すことはできなかった。


その後、父親は家から三駅ほど離れた新幹線岡山駅に向かった。午後八時すぎから午後十一時四十七分着の下り最終の乗客が降りるまで、改札口で秀太君の帰りを待ち続けた。

「しっかりしてはいるが、あの子もまだ十九歳だ。もしかしたら、急にこっちに帰ってきたくなったのかもしれない」

なんとか気持ちを落ち着かせようと、階段を幾度も昇り降りし、何本もの新幹線を見送った。

その間、母親は自宅に残り、合宿所や空手道部の友人に電話で状況を確認していた。両親は互いに携帯電話で連絡を取り合い、東京から無事の知らせがくることを祈り続けた。


新幹線の終電もなくなり、父親は自宅に一人で戻った。

深夜一時十五分、家の電話が鳴り響いた。空手道部の師範からだった。

「えーっ！　えーっ！」

父親は受話器を手にしたまま、驚き叫んだ。

「お父さん、どうしたの？」

傍《かたわ》らにいた母親が尋ねても、答えはなかった。

電話を切ると、父親は大声をあげて泣き伏せ、嗚咽《おえつ》の中で繰り返した。

「秀太が、秀太が……」

師範からの電話は、秀太君の死を告げるものだった。

「秀太が自殺した……」

東京
『のぞみ2号』
岡山発 6:06
東京着 9:24
（全車指定席）

そう聞いたとき、母親の心には感情と呼べるものが湧き上がってこなかった。

「嘘だ」「信じられない」。その言葉だけが、幾度も頭の中をこだました。

「とにかく、秀太に会わなければ」

朝がくるまでの間は、東京へ行く準備をするだけで精一杯だった。

二月四日。始発の新幹線で両親は東京の合宿所へと向かった。最寄り駅に着くと、秀太君の先輩にあたる部員が緊張した面持ちで待っていた。その部員とともに空手道部OBが運転する車に乗って合宿所に着くと、師範、コーチ、キャプテンなどが待っていた。彼らは昨夜のいきさつを説明した。そして、ただ平謝りするだけだった。

「秀太を死なせてしまって、すみません」

不思議な感覚だった。言葉が身体に入ってこない。

なぜ秀太は自殺したのか。もしかして殺されたのだろうか。自殺なんて唐突すぎる。そんな素振りをちっとも見せないで、あっという間に人は逝ってしまうものなのだろうか。

わからないことだらけのまま、両親は車で八王子警察署へと向かった。秀太君がそこに安置されているのだという。

あまりにも変わり果てていた。すでに血は拭き取られていたが、顔の半分は包帯で被《おお》われ、眼球を失ったまぶたは糸で縫い合わされていた。歯もなくなっていた。露出した皮膚は擦《す》り傷だらけだった。見慣れているはずの顔は、ゴムボールのように膨れ上がり、九階から飛び降りた衝撃を無残に伝えていた。この姿を秀太君だという言葉が、信じられなかった。

遺体が発見された直後、空手道部のある友人は遺体が秀太君かどうかを確認するために自殺現場に立ち会った。そして彼は、その後三日間、放心状態だったという。日頃から空手によって心身を鍛えている男性が、それほどに動揺する惨状だった。

両親は秀太君の遺体とともに、警察署から羽田空港へと直行した。

「なぜ秀太が荷物室に入れられなきゃいけないの？」

昨日から、長い長い悪夢の続きを見ているような気がした。

つらいとか、悲しいとか、そんな単純な感情ではなかった。

その夜、秀太君は永遠の眠りについたまま岡山の自宅に帰宅した。


死を選ばなければならないほどに、秀太君を苦しめたもの。それはいったい、なんだったのか。

彼の所属していた空手道部では、合宿所として借りているアパートの部屋代や光熱費、道着代などを、一年生が集金して振り込んでいた。四十人近くの共同生活なので、数千円ずつの回収であっても一回の集金額は何十万円にもなる。しかし合宿所内に金庫はなく、相部屋だという理由から部屋に鍵をかけていなかった。
一年生の各部員が、担当している全員から集金するには日数がかかる。その間は集めた大金を持ち歩くか、部屋のベッドの下や本棚の隙間に隠すしか保管方法がなかった。学生の彼らは、授業や練習で部屋を留守にする時間が長い。傍目から見ても、あまりにも無防備すぎる体制だった。

そんな環境の中で、金銭の盗難事件は繰り返し起こった。度重なるそれは、秀太君を含む部員の大勢に、被害者、加害者という両方の苦しみを負わせていた。

一九九七年十一月下旬に、秀太君は伯母に電話をかけている。
「部で集金したお金がなくなったので、一年生全員で割り勘をして立て替えることになった。二万円送ってほしい」

当時その話を伯母から聞いた父親は、親に心配させまいと内緒で頼んだのだろうと思い、あえて事情を追及しなかった。しかし、これがほんの氷山の一角にすぎないとわかったのは、秀太君の死後だった。

それから二カ月後の、一月三十一日午後。空手道部の師範から両親のもとに連絡が入った。

「一年生が部のお金に手をつけた。明日の正午に合宿所にきてほしい」

翌日、父親が合宿所に駆けつけると、ミーティングルームに部員全員が集められていた。一年生の親は、全員で六人いた。

師範の説明では、

「一月二十日前後に道着のメーカーから四十万円が未納になっているとの請求書が届いたが、これは一九九七年の五月に、一年生のI君が振り込んだはずのお金だった。I君を問いただしたら、翌日、合宿所から逃げて帰ってこない。調べてみると、五月以降、集金したお金がなくなるという事件がほかにもあり、その度に一年生だけで割り勘をして負担していた」

　ということだった。その後、六人の親は順番に個室に呼ばれた。

「秀太が十五万円盗っている」

　部長と師範から、父親はこう告げられた。秀太君は一番最初に手を挙げて、正直に罪を告白したのだった。

　二人だけで秀太君の部屋に行き、二時間ほど話し合った。父親は岡山を出るときに、母親から、

「絶対に頭ごなしに叱ったらいけんよ。ちゃんと話をしてきてよ」

　と念を押されていた。

「本当に盗ったのか」

　と聞くと、うなずいた。

「これから先、空手を続けていけるのか」

「頑張ってみる」

　本人は充分に反省しているし、さっきの個室で師範も、

「練習次第でまたいい選手になれるから、もう一度私に秀太を預けて下さい」

と言ってくれていた。父親は十五万円をすぐに返し、金銭のトラブルはこれで解決したかのように思われた。


ところが秀太君が合宿所から姿を消したのは、その二日後だった。連絡を受けて両親が師範に電話をすると、

「わかっているだけで百五十万円がなくなっている。合宿所から逃げていたI君が今日帰ってきたので話を聞いたが、『自分が六十万円盗った。でもそのうちの三十万円をまたほかの誰かに盗られた』と言っている。I君以外で、お金を盗ったことを認めている部員の金額を合計すると、秀元君の十五万円を含めて五十万円になる。しかし、まだ計算が合わない」

と言う。秀太君が十五万円以外にもっと盗んだと疑われているようだった。

誰が盗った、誰に盗られた。秀太君は責任のなすり合いに疲れ果てていた。彼を死に追い詰めたのは、金を盗んだ罪の意識と、疑ったり疑われたりの信頼が決定的

に欠けた人間関係であった。そして何より、それに染まってしまった自分が許せなかった。

「僕がもっと強ければ……。強ければ、何かを変えられたかもしれない」

彼の持つ正義感と周囲への配慮は、むしろ刃《やいば》となって必要以上に自分自身を傷つけた。

短すぎた日々

自分らしくあるために

秀太君はどんな人だったのだろう。

彼を育んだ岡山は、「晴れの国」と呼ばれるほど天候が良く、災害の少ない穏やかな土地だ。この地に生まれてから小学校六年生まで、両親、祖父母とともに暮らしていた。両親は働きに出ていたが、愛情に満ちた幼少期だった。

小学生の頃のあだ名は、「おちばけ秀太」。「おちばけ」とは岡山の方言で、みんなをわいわいと盛り上げる、というような意味だ。空手は小学校三年生から始めた。男の子だから何かスポーツを、そんな軽い気持ちで両親が近所の道場へ通わせたのがきっかけだった。

やんちゃな男の子は、大きくなるにつれ、割とおとなしい子になった。「目立つことが大嫌い」と、縁の下の力持ち的役割を好むタイプだ。

中学に入るとき、岡山市内へと引っ越した。新しい土地の学校には知り合いが一人もいなかったが、持ち前の人当たりの良さですぐにクラスに馴染んでいった。その後、転入生がきたときにはまっ先に声をかけて、クラスに溶け込めるようにしていく優しさも持っていた。道場では年下の子の面倒をよく見るお兄ちゃんで、練習が終わると、秀太君の周りには子どもたちがいつも集まってじゃれていた。

男女問わず多くの友だちに囲まれ、よく話をした。

「秀太に話すと、特にアドバイスはしてくれないけれど、とても気が楽になる」と、友だちから相談を受けることも多かった。

中学一年生のとき、膝の成長痛に痛み止めの注射を打ちながら全国大会に出場した。そこで初めてベスト8に入賞した。努力すれば結果につながるとわかり、大好きな空手を本気でやっていこうと決めた。そして中学二年、三年の全国大会では、二年連続で個人組み手の三位に入賞を果たした。自分で決めた道だからこそ、己に対する甘えを一切許さなかった。

仲の良かった家族や親友でさえも、「秀太の弱音をただの一度も聞いたことがない」と、口を揃えて言う。周囲に壁を作っていたわけじゃない。大好きな人たちに心配をかけたくないという彼の優しさが、自分自身にストップをかけていた。

高校への通学は筋肉トレーニングも兼ねていた。片道十五キロほどある距離を、毎日自転車で通った。自宅から山の中腹にある高校までは、四駅も離れており起伏が激しい。普通の人ならば一時間半はかかる道のりを、一時間で走っていた。入学当初に雨の日だけ数回電車を使った以外は、一日も欠かさずに続けた。

挫折も経験した。高校二年生のときに、亜脱臼で肩を壊した。自分の力が一番試せる時期に、非常に悔しいアクシデントだった。空手の型は中腰の姿勢になるものが多く、下半身の筋肉は重要だ。ピアニストが一日練習を休むと、もとの感覚を取

優勝
秋元秀太

り戻すのに三日はかかると言われているように、スポーツ選手の筋肉トレーニングも数日怠るだけで体力に差が生じる。それを避けるため、肩の手術をした後も休まずに自転車通学を続けた。坂道では片腕で自転車を押して登り、試合に復帰するためならばと、つらいリハビリも進んでやった。治療をしながら、部活の練習にも出席した。

さらに、医師の許可が下りると同時にトレーナーに相談し、ジムに毎日通って筋肉トレーニングを徹底的にやり続けた。その並々ならぬ努力は、見事、結果につながった。高校三年生になって試合に復帰することができ、県大会の個人戦では準優勝を果たした。

その晩、「空手の強い大学に進んで、どこまでできるか試したい」と、両親に初めて告げた。

そして、秀太君はスポーツ推薦で一九九七年の春、大学に入学した。

周囲の大人から見れば、秀太君は手のかからない子どもだった。男の子にしてはさほどの反抗期もなく、外で遊ぶのと同じくらい家族と一緒に過ごすのが好きだった。家では母といつも軽口をたたいて、冗談を言い合っていた。

中学生のときに、映画『ぼくらの七日間戦争』を観て気に入った宗田理の本は、新刊が出る度に買った。BOØWYやB'zなどをよく聴き、カラオケに行ってみんなと騒ぐのが好きだった。

空手が強く、年の割に落ち着いた十九歳は、油とり紙を使いヘアワックスで髪型に気を遣う、今どきの青年だった。

従兄弟《いとこ》であり親友の宏友君が、秀太君の自殺について語ってくれた。幼なじみで同学年、小さい頃は周囲が双子かと思うほどよく似ていた二人だった。

岡山に住む宏友君への第一報は、「すぐ帰ってこい！」だった。彼が憧れるＤＪのプレイを観てバーを後にしたとき、携帯電話が鳴った。こんな夜中に電話だなんて、年配の親戚でも倒れたのかな、と彼は思った。家に帰ると秀太君の両親がきていた。これから秀太君を迎えに行く、と言う。

（は？　こんな時間に？　二十歳そこそこの男を？）

何を言っているのかよくわからなかった。いつもと様子が違うことに気づいたのは、両親の目から涙がこぼれていたからだ。

（何かの事故にでもあったのかな）

しかし秋元家へ向かう車中、両親の会話から聞こえてきた言葉は、「死んだらしい」ということだった。

「あいつに限ってそんなことはない！　死ぬ原因がどこにもねーじゃねぇかっ！」

秋元家に着き、家の中に飾ってあった秀太君の写真を見た瞬間、急に涙が出てきた。秀太君を遠くに感じた。まだ自分の目で確かめたわけでもなく、はっきりと秀太君が亡くなったとも思っていない。けれど、「どこか遠くへ行ってしまった」と、心にぽっかりと穴が空いたような気がした。

「今まで僕と秀太はいつも一緒だった。たくさんの時間を共有していた。でも秀太がいないんだと思ったとき、急に孤独を感じた」

自殺と知ったのは、しばらく経ってからのことだった。一年近く離れて暮らしていた宏友君には、わからないことだらけだった。自殺するような奴じゃない、誰かに殺されたのではないか。そんな考えも頭をよぎった。しかし今になって振り返ると、いくつかおかしなふしはあった。亡くなる約一カ月前、秀太君は人とやたらに酒を飲みたがった。いつもの秀太君は和気あいあいとした雰囲気が好きで、飲み会の席で周囲に酒を強要するようなことはなかった。だがこのときばかりは酒を注ぐ回数が妙に多く、「おめぇも飲め！」と迫ってくるような感じさえあった。逆に、どこか寂しそうに見えることもあった。そのときは特に誰も気に留めなかったが、秀太君は周りに自分の苦しみを気づかれまいと振る舞っていたのかもしれない。

宏友君と秀太君が電話で話すことは、いつだって「バカ話ばっかり」。

「だからこそ、俺がもっとたくさん電話してバカなことを言っておけば、少しはあいつの気持ちが和らいでいたかもしれない」

残された宏友君は、今も悔やんでならない。

また、秀太君には東京の大学に通うT君という幼なじみがいる。T君、宏友君、秀太君の三人は同学年だった。同じ高校に通い、同じ空手道部、空手道場で時間をともに過ごした。中学三年生の岡山県大会で、トップ3を独占するという快挙を成し遂げた三人は、自他ともに認める〈黄金トリオ〉だった。

新しい遊びやゲームはいつも宏友君が持ってきて、それに二人が加わって遊んだ。先頭を切ってははじける宏友君を、秀太君は「あぁ、またやってるよ」と見守ることが多く、細かいことに気が利くT君は大雑把な二人をフォローする役割だった。

「宏友は自分からおちゃらけて、みんなを和ませるタイプ。僕も秀太も話すのは苦手だったな。秀太は両手を広げて『みんなで行こうぜ』って、一人も取り残されないように後ろからみんなの背中を押していくタイプ。空手の試合でたとえるなら、宏友が先鋒で、僕が中堅、秀太が大将って感じの役割かな。三人ともばらばらの性格だし、高校でよく一緒にいた友だちも違うんだけど、小さい頃からしょっちゅう遊んでいました」

そしてT君はしっかりとした口調で、秀太君の人柄を語った。

「秀太はどこにいても（学校でも道場でも）頼りになる奴だから」

「空手が強いというだけじゃなくて、人間的にも秀太は一目置かれる存在だった」

秀太君の精神力は決して弱かったわけではない。弱音を吐かず、自分に課したトレーニングをやり遂げる彼は、むしろ常人よりはるかに強靭《きょうじん》だった。親友の宏友君でさえ、「心の弱い自分がいた」という秀太君の遺書の告白に驚かされた。宏友君の目には、「たとえ孤独であったとしても強く生きていく男」として映っていた。

秀太君の精神は、大学に入学してからの一年弱で、生きていくことができないほどに蝕まれていったのだ。

取材当日

息子の友だちの多さに驚きました

玄関に並んだたくさんの靴。取材当日、秋元さん宅には秀太君の友だちが大勢詰めかけてくれた。秀太君の亡くなった後、両親が一番驚いたことは、息子の友だちの多さだったという。

「男の子なのに家にいるのが好きだなんて、学校に友だちがいないんじゃないの？」と、冗談交じりにからかったこともあるくらいだったが、葬儀には三百人近い人が参列した。見たことのない子や、聞いたことのない名前も多かった。大学に進み、全国に広がっていた友だちの中には、わざわざ車で五時間もかけてきた友人もいた。

葬式の夜は、秀太君の友だちと一緒になって大宴会をしたという。ろうそくと線香の火を絶やさぬように、夜通し、祭壇の前で飲んで語り合った。

当時の心境を母親はこのように語った。

「知らない人が見たら、葬式の後で宴会をやっているなんて、ここの親は何を考えてるんだって思われたかもしれない。でも、息子のために集まってきてくれた方とみんなで騒げて、本当に嬉しいと思った。こんなにわいわいやっているのに、もう、秀太ったらどこに行ったんだろうって。秀太がいないことのほうが不自然に思えた。『おばちゃん、僕らが泣いたら秀太が悲しむから、笑っていようよ』。そう言って一緒になって騒いでくれた秀太の友だちに、今にいたるまでずっと助けられている。今でも春休みや夏休みになると、誰からともなく秋元家へ集まってきてくれる。その度に、子どもたちから元気をもらい、勇気づけられる。秀太がそういう生き方をしてきたからこそ、自分たちもみんなに助けられているんだと知り、その度に秀太へ感謝をするんです」

きっと、今の状況を見てあの子ならこう言うでしょう、と母親は続けた。

「『お母さんごめんね、お父さんごめんね。僕のことでこんなに迷惑かけて、本当にごめんね』って」

秀太君が遺書に書いた「みんなごめん　みんな大好きだ」という言葉は、彼を慕った多くの友人たちに宛てられたものだった。その言葉を受け取った彼らは、自分たちの人生を見つめ直そうとしていた。

従兄弟の宏友君は、DJになりたいという目標を持っていた。しかし、DJになることがどれだけ難しいことなのかわかっていた。だから、あきらめる口実を探していた。そんな最中、秀太君が亡くなってしまう。そして秀太君が残した遺書にあった、あるひと言が彼を導いたのだった。それは、「もっといろんなことがやりたかった」という言葉だった。やりたいことがあったのに、もう死ぬしかないと思った秀太君。それを見たとき、

「やりたいことはやらなきゃいけない、やりたいことは今やっておかなきゃダメなんだ。秀太が何をやりたかったかはわからないけど、秀太の分もやってやる」

と強く感じたという。自分がやりたいのはやっぱりDJ。とことんやってみよう。そう決意したのだった。

後輩の山本訓寛君もそんな一人。実家が洋菓子屋を営んでいた彼は、家業を継ぐことに抵抗があった。しかし、秀太君の死をきっかけに、自分の人生を見つめ直したという。そして家業を継ぎ、父親と同じ道を歩むことを決意したという。

ある日突然、友だちの自殺という悲劇に見舞われた彼ら。しかも、誰一人秀太君が悩んでいることすら知らなかった。そのショックは計りしれない。ただ、彼らは秀太君の死をしっかりと受け止め、秀太君の分まで精一杯生きていく決意をした。それが、やり残したことがあると遺書に書き残して死んでいった、秀太君への最高のはなむけだから。

その後
妹がお兄ちゃんよりも年を取りました

改めて両親のもとを訪ねると、新しい家族が増えていた。秀太君が亡くなってから飼い出したという犬だ。にぎやかに吠え出した犬の鳴き声を聞きながら、その後の生活ぶりを聞かせてもらった。

両親は、未成年に部費の管理を任せるという、ずさんな管理体制が自殺を招いた一因であるとして大学側を訴えたのだ。しかし、結果は全面敗訴。

「結局、同級生は全員学校側についたということです。控訴も考えましたが、新しい証拠もなければ、証人もいませんから」

と母親は、敗訴に終わった裁判を思い返した。

自殺の原因ともなった金銭トラブルは、東京にある大学の合宿所で起こった。そして亡くなった場所も学校内。従って、大学側は裁判に向けて綿密な準備ができる。

遠く離れた岡山県に住む両親が、決定的な証拠や証人を集めることができなかったのは、当然のなりゆきといえるだろう。

公判が始まると大学側は、東京から大勢の弁護団を引き連れ岡山に乗り込んできたという。遺族が学校を訴えた裁判で、遺族側が勝訴することは極めて少ない。自殺の予見性を証明することの難しさとともに、巨大な組織力や資金力に対抗しなければならないということかもしれない。

しかし、父親は裁判すること自体に意味があったと考えている。

「勝てる可能性の低い難しい裁判でした。でも訴えることに意味があったんです。訴えれば、大学側もこれから先、二度とあんな悲劇を起こさないように努力するに違いない。だから、そういう対策を大学に取らせることができたという意味では、意義があったと思っているんです。だから後悔はしてません」

実際、大学側は裁判後、再発防止のため対策を講じたという。後日問い合わせたところによると、それは、

（1）カウンセリングルームの告知の徹底
（2）窓に柵をつけ、飛び降りができないようにした
（3）オフィスアワーを設け、その時間は教授が必ず研究室にいるようにした
（4）決算報告書や帳簿をつけることで、部費管理を強化
（5）部活に関わる事務職員や教授に相談できるよう指導を強化

以上の五点。ただ、当時問題となった合宿所内の金庫は、現在もまだ完備されていないようだ。

現在も秋元さんのお宅には、秀太君の友だちが遊びにくるという。そんな彼らの成長していく姿を眺めるのが、両親にとってひとつの楽しみになっている。

「当時の秀太の彼女が結婚したときは、一番嬉しかったですね。やっぱりずっと引きずられるのはつらいですから」

しかし、同時に複雑な心境もあるという。

「素直に嬉しいんですが、少しだけ寂しくもあります。私たちの記憶の中で、秀太は成長が止まったままになっています。だから、彼らと同じように成長する秀太を

見ることができないと思うと、ちょっと切ないです」

どんどんたくましく、立派に成長していく秀太君の友だち。家庭を築いていくものも多い。そんなとき、ときの流れを感じずにはいられない。その象徴的な出来事がひとつあった。それは妹の君王さんが、亡くなった秀太君の年齢を超えたということだった。娘が秀太君よりも一日年をとった日。母親は、君王さんにそのことを告げたという。

「その日、妹に『お兄ちゃんよりも、大きくなったのよ』って言ってみたんです。特に何も言い返してきませんでしたけどね」

そう言って母親は笑った。

母親は、妹の君王のことで後悔していることがあるという。秀太君が亡くなった当時、母親は一人ひとりがこの状況を受け止め、家族みんなで乗り切っていくしかないと考えていた。しかも、秀太君の葬儀や裁判の準備などもあった。だから、必然的に妹さんのことまで、気にかける余裕がなかったのだ。しかし、今思えばもっとかまってあげれば良かったと後悔している。

「亡くなって四十九日までお骨を家に置いていたんです。昼間は私も父親も留守にしていました。だから毎日、学校から帰ってきた妹は、この家でお兄ちゃんと二人きりで過ごしていたんです。それはとてもつらいことだったんじゃないかなって。あの子はあの子なりに乗り越えてきたんだと思います」

君王さんは、あまり多くは語らない性格だという。だから、不満や悩みがあっても人に打ち明けることはほとんどない。

しかし、最近こんなことがあったという。ある日アルバイト先の友だちが、君王さんに悩みを打ち明けてきたのだった。それは彼が昔、交通事故で亡くしたという知り合いについてだった。その話を聞くうちに君王さんは、いつしか泣いていた。最愛の兄との思い出と重なったからだ。そして君王さんは後日黙って、兄のことが書かれたこの『遺書』を手渡したというのだ。言葉で告げるのは照れくさいけど、わかってほしい。そんな気持ちだったに違いない。

ここにもまた、最愛の人を亡くし、それでも懸命に生きようとする者がいた。自ら命を断った若者たちが残していったものは、あまりに重く大きい。

遺族による遺書への返信

両の手のひらの中で大事に溜めていた水が、ふと気を緩めた瞬間に指の間から、するりとこぼれ落ちてしまった。そして秀太は二度と私の手の中に戻ることはなくなったのです。

あの日から二年がすぎようとしていますが、私の心の中の時計は、ずっと止まったままです。あの頃のままの笑顔で、いつも笑いかけてくれる秀太。

夢の中で会う時には、少しはにかんだような笑顔だけど、この前の夢の中では、顔をクチャクチャにして満面の笑顔だったね。一緒にご飯を食べていて、秀太がとても嬉しそうに、おいしそうに食べているのを見て、お母さんもすごく嬉しくなって、「一緒にご飯を食べれて本当に幸せだね。」って言ったら、涙がポロポロこぼれてきて、目を覚ましたらやっぱりポロポロ泣いていた。

「お母さん、腹減った。」いつも言ってた言葉が、今でも耳から離れない。焼肉が大好きで、週に一度は一緒に行ってた焼肉屋さん。東京に行ってからも、帰省する度に行ったね。お母さんは、この店にだけは、今でも行けません。

親として最も辛いのは、子どもが悩み、苦しみ、傷ついているのを気づいてやれなかったことです。秀太があれ程に苦しみ、自分自身を責めていたのかと思うと、身悶えする様に辛いのです。後悔と自責の念は、絶え間なく私自身に襲いかかりました。

東京へ行ってからも、月に一度は会っていました。秀太が帰れない月は、東京や大阪で試合がある時、夫婦で観戦に行って、秀太の顔を見て安心して帰ったものです。

でもどこかで、SOSを出していたのかもしれないのに気づかなかったのです。

高校まで大事に育て、大学生となり親元を離れて寮生活でした。元々お金の使い方もしっかりしていて浪費癖もなく、空手を習っていても暴力は大嫌いで、友達ともトラブルを起したこともなく、誰とでも仲良くやっていける子だったので、大学生活も無難に乗り切るだろうと、親として多少安心していた面もありました。油断していたかもしれません。高校を卒業したばかりの少年が、大学の体育会系の寮生活という、それまでと全く違う生活環境の中で、どう順応していけばよいのか、心の負担は親が思う以上に大きかったのかもしれません。

秀太が最後に書き残した言葉は、『クロスロード　20代を熱く生きるためのバイブル』の余白のページにありました。

最後の瞬間まで、秀太はこの本を手にしていたのです。最後まで生きる希望は捨ててはいなかった。私は、そう信じています。

人生を左右する大きな別れ道は、長い人生の中で幾度もやってくるでしょう。その別れ道も幾つもあるでしょう。選ぶのは、自分自身です。一つを選んで、それが失敗だと気づいたら、そこからUターンすればいいのです。元に戻って、また別の道を歩いてもいいじゃないですか。やり直すことは、恥しいことでもなく、みっともないことでもないのです。どうやり直せばいいかわからない時には、誰かに問いかけてみる。必ずどこかにヒントが見つかるでしょう。

自分にとって価値ある人生を大切に、命を大切にして下さい。

私は今、大勢の人に支えられて生きています。家族や友人は勿論ですが、秀太の友人や先輩や後輩たち。その中で私を一番支えてくれているのは、やはり秀太です。

これからもずっとそうでしょう。

母より

第5章執筆
自殺当日　秋山久美子
短すぎた日々　秋山久美子
取材当日　verb
その後　verb

おわりに

価値観も生活環境も違う「ｖｅｒｂ」のメンバー。

『遺書』を作る。その目的のために集まった九人。ときに悩み、ときに意見をぶつけ合ってきた。

若者がときに抱く疑問。「生きる」ことの意味。そして、「生きる」ことをやめる意義。

誰にでも関係のあること。ただ意識をしないだけにすぎない。その追求から、すべては始まった。

社会の常識を知らない強さとすれていない視点。既存の編集プロダクションにはできなかったもの、もうできないもの。何かを伝える方法がほしかった。僕たちは「本」という媒体、そして『遺書』を選んだ。

今、僕たちは数々の取材を通して学んだことを形にできた。自殺していった五人のそれぞれの苦しみ、悩み。共感できることもあった。「死」と向きあうことの重大性、思い悩むことのつらさ。でも、僕たちには理解できなかったこともあった。なぜ、「死」を選択してしまったのか、「生きる」方向性を見つけられなかったのかということ。

みんな、その葛藤の狭間で生きている。彼らより、ほんの少しお気楽に人生を送りながら。

彼らと同じように苦しみ、思い悩んでいる人たちへのメッセージを送ることができれば、わずかながらも手助けになればと思い、この本『遺書』はでき上がった。

最後に、取材に快く対応して下さった御遺族、御友人、そして僕らにこの機会を与えてくれたサンクチュアリ出版に感謝の意を表して、筆を置くことにする。

遺書

最期の言葉をのみこんで、
わたしはチカラに変えていく。

編集プロダクションverb（当時）

代表……梅中伸介（23歳）

企画制作……金子仁哉（23歳）

編集……杉本裕孝（20歳）

編集……佐藤純子（22歳）

ライター……宮坂太郎（23歳）

ライター……秋山久美子（22歳）

ライター……小林倫子（23歳）

SPECIAL THANKS TO（敬称略・順不同）

岡本貴也

松本えつを

橋本明子（めんどりの会）

竹内かや（撮影）

竹川博子（撮影）

中野ちえ（撮影）

保田健雄

『遺書』発刊に際して

私が中学生の頃、毎日のように中高生の自殺が話題にのぼっていた。

彼らはなぜ自ら命を断ってしまったのか。

私自身、中学生のとき多少のいじめを受けたことがあるし、それこそ心に大きな傷を負った失恋もあった。

高校三年生のときには、受験した大学すべてに落ちた。

それでも、今まで死のうと思ったことは一度もなかった。

それは、たとえ、ものすごいつらいことがあろうとも、必ずその先の人生には何か面白いことがあるに違いない、と考えていたからだ。

だが今回、取材に応じて下さった遺族の方々は、もはや自殺してしまった彼らとの楽しい思い出をこれから先、作ることができない。しかしそのつらい経験を自らのパワーへと変え、前向きに生きようとしている。過去の悲しみを思い出さなくてはいけない本書の取材に応じて下さったのも、少しでも自殺を考えている人に思い留《とど》まってもらえたらという強い願いがあったからこそである。

私自身も同様の願いをもって、本書を発刊した。

もう、誰も悲しい想いなどしたくはないのだから。

㈲サンクチュアリ出版取締役社長　鶴巻謙介

『遺書』出版から四年の歳月が経ち、任意団体である編集プロダクションｖｅｒｂからは、ライターの宮坂太郎、秋山久美子、小林倫子、デザイナーの酒井美佳、上田絢子、編集の佐藤純子は脱退しております。

従って、当書籍の複製権は編集プロダクションｖｅｒｂが著作者から委任され行使しておりますが、著作者人格権は著作者である、宮坂太郎、秋山久美子、小林倫子、ｖｅｒｂがそれぞれ保持しております。

幻冬舎文庫

●最新刊
ウラ知識 裏ネタ500
エンサイクロネット編著

パンダはなぜ6本指なのか？ レッカー移動されない駐車方法とは？ 生活、ビジネスに隠された裏意味・裏事情から、歴史的事件の意外な事実まで、世間のカラクリが丸見えになる痛快雑学本！

●好評既刊
心がホッとする和風の雑学343
エンサイクロネット編著

「寿司はなぜ1カン、2カンと数える？」「鏡餅の上にみかんをのせるのはなぜ？」「数珠を持たずに拝むとどうなる？」……知らないと恥をかく「和」の知識が満載。これであなたも日本通！

●好評既刊
美人の裏ワザ400
1分間ビューティー術
エンサイクロネット・レディス＋小山祐子

スリムに見せる色、小顔の演出法、脚長に見せる着こなし&靴選び……。ファッションからメイク・ダイエットまで、ビューティー界の裏ワザを厳選。あなたを外側と内側から輝かせるヒント集！

●最新刊
生きるヒント
日本のことわざ 世界のことわざ
北村孝一

「母の料理が一番うまいと言う子ども」アフリカ（井の中の蛙大海を知らず）、「テントは別々に、心は一緒に」アラブ（親しき仲にも礼儀あり）。国が違えばこんなに変わる、世界のことわざ満載！

●最新刊
原付免許一発合格ドリル
長 信一

「合格率は50％」といわれる難関原付免許試験。出題パターンと暗記ポイントを押さえれば、あなたもらくらくパス！ 3択クイズ→学習→テストの3ステップで、楽しみながら免許が取れる。

遺書《いしょ》

5人《にん》の若者《わかもの》が残《のこ》した最期《さいご》の言葉《ことば》

verb

平成16年7月10日　初版発行
平成26年7月30日　21版発行

発行人――石原正康
編集人――菊地朱雅子
発行所――株式会社幻冬舎
〒151-0051東京都渋谷区千駄ヶ谷4-9-7
電話　03(5411)6222(営業)
　　　03(5411)6211(編集)
　　振替00120-8-767643
印刷・製本―株式会社　光邦
装丁者――高橋雅之

幻冬舎文庫

ISBN4-344-40542-0　C0195　は-12-1